エッセイの小径

郊外へ

堀江敏幸

JN268677

白水uブックス

目次

レミントン・ポータブル

四五〇フラン、それより安くはできないな、だって、まだじゅうぶん現役として使えるからね。もう何十年もこの商売をしているんだというような、確信にみちた応えがかえってきた。紺色のハンチングからふさふさとした栗色の髪がはみだしている、目の大きい色白のその少年は、たしかにスクワール・デュ・タンプルの周囲をとりまく狭い舗道を埋めつくした古物市のスタンドの一角をあずかってはいるけれど、まだあどけなさの残る中学生くらいの年かっこうで、小切手を受けつけてくれるのであればその値でけっこうだが、現金なら四〇〇以下だと譲らない東洋人にたいして、昼食をすませるあいだ店を任せていった父親から仕込まれたのらしい知識をいかにも得意げに披瀝しながら、精いっぱい大人の真似をして、その品物にしめしたこちらの執着の度を高めようとする。子ども相手にそうたやすくまるめこまれてたまるかという気持ちもあって、じつはもう少し先に筵を敷いて商売をしている別の店で、偶然にもまったく同じ型の、ただしもう使い物にはならない品に六〇〇フランの値がついていたことを発見していたのだが、そんなことはおくびにも出さずに、わかった、じゃあきみの親父さんを呼んできてくれ、親父さんに話せばもう少し安くなるはずだ、と繰り返すばかりだった。

いつも食糧を仕入れにいくアンファン・ルージュ市場の、ブルターニュ街をはさんだ斜めむかいにある第三区の区役所まえから、野外音楽堂を擁した辻公園の周辺と、区役所の右隣に建っている壮麗な十九世紀鉄骨建築のタンプル市場に、毎年秋になると古物市がたつ。その日、旧式のカメラを集めたスタンドのかたわらで見つけて足をとめたのは、半世紀以上もむかしに作られた米国製レミントンのポータブル・タイプライターだった。まるいボタンに文字を記し、薄くて丈夫な硝子をはめこんだ懐かしいキーはもちろん仏語配列で、それがいかにも愛らしいまるみを帯びた黒い頑丈な鉄製ボディにならんでいる。このタイプライター最大の特徴は、シリンダーをたたく活字の軸が、ちょうど煮立ったお湯のなかにさあっとひろげながら投げ入れたスパゲッティみたいに本体から突き出していることで、右手についているつまみを手前に移動させると、それら鉄製のパスタはすべて平らに倒れて、本体上部とおなじ高さにすっぽり収まるしくみになっている。

レミントンの名をはじめて記憶したのは、ブレーズ・サンドラールの詩を通してだったと思う。第一次世界大戦が勃発したとき、スイス国籍のまま外国人部隊に入り、フランスのために闘ったサンドラールは、名誉の負傷というのか、ドイツの砲弾を浴びたさいの傷がもとで右腕を切断され、戦後、残された左手でぎこちない文字を綴る訓練を重ねてゆくうち、タイプライターに出会う。もちろん、世界を放浪する彼の生活に見あうよう、機種は持ち運び可能なものでなければならなかった。

手紙をくれるのなら、ときみは言った
タイプばかりで書かないで
あなたの手で一行くわえて
ひとことふたこと、ちょっとしたことばでいいから

と書きだされる「手紙」という詩。一九二四年に台湾号でブラジルにむかったサンドラールが、二年におよぶ旅の成果としてまとめた詩集『旅の葉』に収められているこの詩は、送られてくる手紙の、無機質なタイプライターの文字に不満な恋人にたいする返信だ。「ああ、ああ、わかった、わかったよ」。《ウイ》を切れ目なく八回つづけてから、「ぼく」は優しく反論する。

でもぼくのレミントンはすばらしい

すっかり気に入って仕事もはかどる
書体は鮮明で読みやすい
タイプしたのがこのぼくだってことくらいわかるだろ

ぼくにしか残せない余白があるんだ
だからごらん便箋の字面を
きみを喜ばせるために、それでもインクで書き添えてあるのさ
ふたことみこと
それからきみがその字を読めないように
大きなインクのしみを

愛の表明としては特別手のこんだものではないこの手紙が、狭い船室のテーブルに置かれたタイプライターから、左手でたたきだされていく場面を想像したとき、私の心は大きく動いた。しかしサンドラールとレミントン・ポータブルの結びつきをもっと鮮烈に印象づけられたのは、第二次大戦後、南仏ヴィルフランシュに近いサン・スゴンに隠棲していた詩人のポートレイトを目にしたときのことだった。夜間に撮影されたらしい数枚の写真に、仕事中のサンドラ

ールが写っている。机のうえには質素な傘のある電灯が吊られ、明かりが真下に集まるよう工夫したのだろう、封筒の裏の糊しろ部分を開き、その糊をとかして、ブラインドがわりに傘の手前に貼りつけてある。ワインボトルも煙草も灰皿もインク壜も、すべて自由な左手で触れられる範囲に置かれ、レミントンは袖の先があまった右腕のほうに鎮座している。少し間のある連続写真という感じで捉えられた、執筆中のサンドラール。写真を追っていくと、愛用のレミントンで打ち込んだ原稿に左手で校正をほどこしている様子がよくわかる。キーがぜんぶ隠れるほど大きい、粗悪なグローブのような左手で扱われたその機械は、欠けている手を補うというより、かりにそれが残されていても表現しえなかっただろうなにかを付加して、抗しがたいアウラを放出している。

疑うんなら打ってみてよ、と少年は言い、硝子器や三〇年代のポスターを転写した灰皿がならぶ箱を片づけて即席の台をこしらえると、そこにタイプライターを置いて、平たくつぶれた通学鞄からクレールフォンテーヌのスパイラルノートを取り出し、一枚やぶってシリンダーに差し込んだ。さあ、打ってみてよ、リボンが乾いてるから多少文字は薄くなるけどさ、キーは完璧に動くよ。

本当のことを言えば、使える使えないの問題など、私にはどうでもよかった。それがサンドラールの持っていたモデルと同じ型だというだけで、入手する価値はあったのだ。しかし実際に指を動かしてみて欲が出た。ほんのわずかひっかかるキーが何本かあり、硬化したシリンダーの凸凹のせいで打ち出された文字にむらができる点を除けば、まだじゅうぶん使い物になるとわかったからである。リボンは普通の文房具屋で見かける小型のものを流用すればなんとかなりそうだったし、携帯用のケースもほぼ無傷で残っていて、上蓋の内側には、インクがつまった文字盤を掃除するためのブラシまで、当時のままに装備されている。

五分ほどひとりでいじりまわしていると、父親が戻ってきた。息子から事情をきいて、そいつは掘り出しものだよ、シムノンが使ってたのとおなじ由緒ある型だ、ここまで状態のいいやつはそう出るもんじゃない、と言う。ジョルジュ・シムノンが愛用していたのは、たしか重戦車なみのアンダーウッドだったはずだが、と言いかけて私は口をつぐみ、ただちに交渉を開始した。驚いたことに、親父は案外すんなりと五〇フラン引いてくれた。たぶんはじめからこのくらいの値段なのだろう。息子は不服そうだったが、思いなおしたのか、じゃあ、アンジェロを紹介してあげなよ、と父親に進言する。外づらをきれいに修復するやつはたくさんいるけどな、骨董品を生き返らせるには、むかしの部品をそろえた修理屋に行かなきゃだめだ、と父親は息子のことばをつぎ、俺に聞いたっていえば安くしてくれると言って、さっきまでタイプに巻き込んであった紙を引き抜くと、その裏に知り合いの連絡先を書いてくれた。それを見て、ひとつの偶然に、また心が波立った。アトリエ・アンジェロという修理屋があったのは、パリ郊外、ジャンティイだったからである。

　サンドラールのもっとも内的な部分を、魔術的な鮮やかさで摘出したポートレイト。その撮影にあたったのが、まだ無名に近いロベール・ドワノーだった。一九四五年、長い沈黙をやぶって一気に書きあげられた『雷に打たれた男』の宣伝用スチールを撮るため、エクス・アン・プロヴァンスに引き籠っていたサンドラールのもとへ派遣された若きドワノーは、マルセイユあたりへ遊びに出かけて留守だった詩人を三日ほど待ち、待ちくたびれて入った床屋で散髪してもらっているとき、隣でユダヤ聖典について一席ぶっている奇妙な男に気づく。それがサンドラールだった。ドワノーがぶらさげてきたラム酒をあいだにはさんでたちまち意気投合した二人は、その翌日から仕事を開始する。わずかな時間で、南仏の光だけでなく、詩人の内なる光をもドワノーが把握しえたのは、彼らの資質にどこか相通じるものがあったからにちがいない。その証拠に、ドワノーがたまたま持参していた未発表の写真を目にして、サンドラールはただちにその才能を見抜き、励まし、写真集にまとめよう、話が本格化すればぼくが文章を書く、とまで言い切ったのである。しかもそれはただの口約束に終わらなかった。みずから出版社を見つけて、当時としては大冒険といってもいい豪華本の出版を実現してしまうのだ。引き受けてくれたのは、サンドラールの熱心な読者でもあり、《今日の詩人》叢書の成功で知られることになる詩人、ピエール・セゲルスだった。膨大な写真のなかから、サンドラールは百枚ほどを選びだし、彼自身の精髄ともいうべきすばらしい散文を添えて、一九四九年、とうとう刊行にこぎつける。それがドワノーの名を世に知らしめた写真集、『パリ郊外』だった。

この写真集に取り集められたパリ郊外の風景をゆっくりたどってみると、南仏でのサンドラールの日常からドワノーがなぜあれほど適確に詩を抽出しえたのか、その理由がわかってくる。いちばん内密で、いちばん神聖な空間であるはずの仕事場、レミントン・ポータブルやすでに黒々と文字で埋められた原稿が見え隠れしている仕事場の香気は、日々の暮らしのなかにしっくりと、有機的に溶け込んで生まれたものだという経緯が、目で理解できるのだ。詩人が真剣に、そしていかにも愉しげに左手で珈琲挽きをあやつり、厚手のボルにたっぷりと珈琲をそそぐ台所での時間は、創作に打ち込んでいるときのそれと、同等の重みを持っている。窓からたくさんの洗濯物が下がった狭い通りで少女とすれちがう姿も、ヴィルフランシュの崖のうえでむきだしにしたみごとな太鼓腹も、刃物の研ぎ師との気さくな立ち話も、ジプシーの子どもたちにあやしげな情報を流す様子も、ドワノーの手にかかると、いっさいが詩に収斂していく男の像としてひとつに結ばれる。サンドラールというきわだって個性的な被写体の力もあずかってはいるのだろうけれど、ここにあるのはすでに完成された写真家の文体であって、それは

『パリ郊外』としてまとめられることになる作品をうみだした技術と感性の、すぐれた融合にほかならない。

現在では主としてパリ周辺の区域を指す、「郊外《バンリユー》」というフランス語は、もともとは領主の「布告《バン》」が届く城壁の外「一里《リユー》」ほどの範囲を意味することばだった。極端な話、パリの城壁を一歩出れば、遠い近いの差こそあれ、郊外と呼ばれる領域に入ってしまうのである。パリの散策者と呼ばれたレオン＝ポール・ファルグの流れに連なりながら、郊外への散策を、夢想と創造の領域に誘う積極的な詩的行為へと高めているジャック・レダが、その題名だけでかなりの喚起力を備えた、『壁の外』という詩集のなかで積みかさねているのも、この貴重な一歩にともなう変容の感覚である。じじつ、パリを取り囲む城壁の外へ開かれた門の多くには、郊外へむかうバスの発着所があって、そこから三桁の番号をもつ路線に乗ってしばらく走ると、もうパリ市内とは異質の空間がひろがっている。空の見え方、建物の外観、人々の歩き方、表情などが、微妙に、そして確実に変化する。もちろん立地条件にしたがってそれぞれ特有の世界を形成し、また時代の流れとともに大きくその相貌を変えてはいるのだが、「郊外」という漠然としたことばの、最も簡便で、最も明確な定義となると、やはり「壁の外」といえるのではないだろうか。ときどきふっと魔がさしたようにパリの外へと足がむいて、なんの目的もなくバスに乗ったり、ほどよい疲れが身体を浸しはじめるまで歩きつづけることのあったじぶんの経験に照らしあわせてみると、郊外ということばの距離感は、歩く人の呼吸に見あった古い日本の単位である「里」にこめられたそれと、すんなり結びつくような気がしてくる。

サンドラールが選択したドワノーの写真は、詩人の励ましを受けてパリに戻り、その後あらためて南仏へ送った、一九四七年から一九四九年までの作品で、詩人はそれを「南」「西」「東」「北」の四章に分類しつつ、写真の世界に入りこんでゆく。ドワノーの郊外がおおむね第二次大戦直後のものであるのにたいし、サンドラールのそれはあきらかに両大戦間の思い出に派生する郊外である。時代がずれているだけでなく、文中でサンドラールが明言しているとおり、二人が連れ立って郊外を歩いたことは一度もなかった。サンドラールの文章は、ドワノーの写真の解説にとどまらない、独立したひとつの作品として書かれたものであり、共通の視覚体験を経てきた結果ではなく、一方が印画紙に定着させた映像に、他方の記憶と言語がすばやく反応したことによる産物だった。「エッフェル塔とサクレ・クールに手のとどく、ちょうど『パリの出口』（五万分の一）と題されたミシュランの、一〇〇番の地図で区切られた範囲内、つまりノートルダム寺院前の広場に置かれた第一号の礎石から、二〇―二五キロの範囲」。ドワノーの写真を南仏で読み解いていたサンドラールは、彼の郊外をそう定義している。地理学的な基準というより、サンドラール自身が歩き回ったことのある空間を、経験的にかぎったものなのだろう。

パリを最もパリらしくレンズで表現するドワノーの原点も、じつはパリの出口からすぐのところにあった。「わたしはパリ郊外のジャンティイという町に生まれた」と、彼はあるインタヴューのなかで語っている。「ジャンティイはビエーヴル川流域の平地にある町で、ずいぶん醜い場所だったが、パリの郊外としてはましなほうだった。シュヴロー渓谷からアルクゥイユ・カシャンを通って流れている、いまではただの汚水溜になってしまったこのビエーヴル川の名を聞くと、わたしはいまだにすこし感傷的になる。アルクゥイユには洗濯工場があって、そこからの汚水で川は汚れていた。ジャンティイにも多くの鞣革工場があって、ひどい悪臭を放ち、川の水はヘドロのようになっていた。そんな状態の川のそばにわたしは住んでいたのだ。それがわたしの故郷だった」(ポール・ヒル&トマス・クーパー『写真術』、日高敏・松本淳訳、晶文社)。

手をつないでミルクを買いにいく幼い姉弟、土手でジャンプしている少年のシルエット、壊れた自動車の車体を占拠した、イヴ・ロベールの『わんぱく戦争』を思わせる子どもたち、泥濘にちかい状態のさみしげな道路を歩いてくる姉弟。はじめて『パリ郊外』を開いたとき、子どもたちの描き方のユーモアと明朗さに感動したことをよく覚えているのだが、それはまた、異なる系列の写真に引き起こされた感情と表裏するものでもあった。

河岸段丘を無造作に切り崩したような、パリの町なかではぜったいに存在しないたぐいの広々とした土手に、きまじめな顔でおなじ方向に目をむけた人々が蝟集している数葉の写真。ロケーションや画面の暗さからすると、強制収容所の中庭か、集団リンチの現場か、あるいは大量の死者を弔う場面のように見える。べつの頁にはパリ解放のために命を落とした青年たちの墓の写真があったし、戦時の日本の報道写真でも似たような光景を見た記憶があったから、いくら子どもたちの顔つきがいいとはいえ、とっさに否定的な連想をしてしまったのもある意味では当然かもしれない。

だがそれはまったくの思い過ごしだった。よく見ると、土手のあちこちに自転車がころがっていて、人々の視線の先にも自転車にまたがった男たちがいる。キャプションを確かめて、ようやく納得がいった。シクロクロスの競技中だったのだ。トゥール・ド・フランスとして知られるあの気の遠くなるような耐久レースの印象が強いせいか、フランス人の自転車好きが、一九四〇年代後半の時点で、まさかこういう種目にまで及んでいるとは考えつかなかった。写真の一枚は土手下からの仰瞰で、米粒大の人影があつまってできた黒い塊が、競技のコースに沿って幾何学的な模様を描き、土手のうえには、サンドラールを「これほど絶望的なものがあるだろうか」と嘆かせた、公団住宅HLM《アッシュ・エル・エム》の前身、HBM《アッシュ・ベー・エム》がならんでいる。その上方に、おそらくは日曜日の、まだ靄の晴れ切らぬ空がひろがっている。早朝からはじまった自転車競技を食い入るように見つめる郊外人の姿。その心象を代弁する、不思議な明暗をたたえた空だ。

郊外とは貧しさであり、投機本位の開発で出現した、箱をつみかさねただけの息づまる集合住宅であり、世界の終わりを思わせる陰鬱でじめじめした敷石の砂漠であり、劣悪な労働条件のもとで人々の時間と身体とを拘束する工場だ、と書かずにいられないサンドラールの提示するイメージは、きわめて悲観的なものだが、彼はじぶんの筆がそうした暗部のみに走りがちなことにも敏感で、ドワノーの写真が描出しているありのままの郊外人の姿と、自身の文章との隔たりにもじゅうぶん自覚的だった。ドワノーの「観察眼と茶目っ気の繊細さ」を「中世にみられた天賦の才」と評したサンドラールのことばどおり、ささいな日常の一点からそれを支える生活の全域へと想像が厭味なくひろがるあたりに、ドワノーの面目があるのだろう。『パリ郊外』として選別された写真からは、貧しさと生活条件の不合理を押し返すに足る、人々の風通しのいい表情と明るさがつたわってくる。自転車競技に数少ない娯楽をもとめる郊外人の背後に、ブラジルやロシアの街をめぐる旅の光景と同質の、ピトレスクな物語を読もうとするのがサンドラールだとするなら、ドワノーはただ、彼の網膜が瞬時に反応したなにかを、そのまま伝達するだけである。たとえそこに映像として提示されている生活が、思い入れのある故郷であったとしても。

数日後、私は修理屋に電話を入れ、事情を説明したうえで、レミントンを抱えてジャンティイまで出かけて行った。メトロでポルト・ディタリーに出て一八四番の郊外バスに乗り、ジャンティイの市役所前で下車する。かつての汚れたビエーヴル川は、味気ない集合住宅の下で暗渠となっているらしく、外からは見えなかった。教えられた住所を地図で確かめ、しばらく歩き回って見つけたその番地は、町の歴史に関する知識でも持ち合わせていないかぎり、さして視覚に訴えるところのない通りの、広い玄関ホールを備えた大味なアパルトマンにあった。ジャンティイが機能的になりすぎて、かつての美しさを失ってしまったと嘆くドワノーのことばが頭に浮かんでくる。「空き地もなければ意味のない抜け道もなく、土地は残らず合理的に利用され、その結果、以前よりなにもかも悪くなってしまった。かつてこの郊外の町は人間を引き立てる背景の役割を果たしていた。この舞台装置の前を恋する青年が通ると、田園風景やロマンチックな舞台を横切るときより、何千倍もいきいきと見えたのだ。因業きわまりなく、馬鹿馬鹿しくていやらしくてどうにも醜いこの舞台装置とそこに住む人々のあいだには、つねにそんな対比があった。それがいまでは、巨大産業があの町をはるかに非人間的な空間へと変貌させてしまった」。

人間をいきいきと見せる背景がきれいにぬぐい去られた空間。現代の郊外が抱えている貧しさは、かつてのそれと位相も次元も異なるものだが、サンドラールが『パリ郊外』で口をきわめて罵っていた郊外化という現象は、むろんジャンティイだけにかぎらず、二十世紀末の現在、郊外としてパリの外にのびているどの区域にも共通した問題だろう。それでも、この新しいコンクリートの廃墟に、新しいドワノー、新しいサンドラールが出て来ないともかぎらない。いや、むしろ「非人間的な背景」から、逆に「人間的な背景」が生まれる可能性のほうが大きいかもしれないのだ。

中庭をぬけた一階のドアの呼び鈴を鳴らすと、色つやのいい老人が迎えてくれた。アトリエというより小型車が入る程度のガレージをおとなしくした感じの部屋で、レミントンを診察してもらう。老人はキーをひとつずつたたいて撥ねぐあいを調べ、手応えの悪いものには油をさし、シリンダーのゆがみを見ながら、スペースを調節する磨耗した歯車を似たような部品と交換した。ぜんたいの汚れを丁寧に布で落として仕上げをすませると、本体上部の左隅にビスで留めてある、かつてこの機種を扱っていたらしい会社の小さなプラックを認めて、《タイプライター、P・ケレール―パリ商会、ラファイエット広場、一一〇番地、電話、北三六・五九》という、もう存在しない住所を小声で読みあげ、どんな思いが脳裏をかすめたのか、ひとこと、懐かしいな、とつぶやいた。

空のゆるやかな接近

終日歩きまわり、メトロの四番線か三十七番のバスでポルト・ドルレアンまで帰ってくる頃には、もう遅い秋の日は完全に落ちていて、発着所に並んだ郊外バスの、薄黄色の光を放つ車内灯に、仕事帰りの人々の疲弊した顔がぼんやり照らしだされている。新聞や本を手にとる余裕すらなさそうな乗客の様子を見ていると、これから一九五と番号のふられた郊外バスのひとつに乗ってモンルージュの部屋まで戻ろうという気力もすっかり萎えてしまい、クレディ・リヨネのむかいのカフェに腰をおろしたまま、激しさを増す車の往来をいつまでも眺めているほかなかった。

バスに乗ればわずか十分とかからぬうちにいちばん便利な停留所まで行けるのだから、さっさと乗ってしまえばいいものを、それでもぐずぐずしているのは、この路線がモンルージュの墓地の陰鬱な塀沿いを延々と走るからである。距離にすればわずかなものなのに、疲れているときにかぎってポルト・ドルレアン近辺の信じがたい渋滞に巻き込まれ、広場を出てエルネスト・レイエールという細い墓地沿いの道に折れた途端のろのろ運転となり、小一時間あまり混みあったバスから墓地の塀ばかり見つめていなければならない。石造りのその壁がどこまでもつづくかに感じられるのは、いっこうに埒のあかない役所の窓口と郊外型コンクリート宿舎のあいだをいく度も往復させられて、いいかげん疲労も限界に達しつつあったからだろう。薄茶色の塀を夢にまで見るようになった頃、私はバスには乗らず、徒歩で辻公園のわきを通ってまっすぐ南下し、墓地を避けて直接モンルージュへ入る道筋を選ぶようになっていた。

環状道路の架橋をわたってしばらくすると、ポルト・ドルレアンのざわめきがふっと途絶えて、街が死んだように静かになる。モンルージュへの入口、言い換えればパリの出口付近の動と静の対比。カフェやアラブ人の八百屋以外、ほとんどの店が閉じてしまう週末の午後の、完璧に音の絶えた街並みを歩くリズムが、そうやって少しずつ身体にしみ込んでいった。晴れた午後には、ずっと悩まされていたあの墓地とは比較にならない本格的な規模の、バニュー墓地づたいに南へ下り、フォントネー・オ・ローズあたりまで足をのばすこともあったし、シャチヨンからクラマールをぬけて、ムードンの森の手前まで遠出したこともある。そんなあてどない散歩を繰り返すうち、バニューの墓地もやがて陰気な想像をかき立てる源であることをやめ、ひとつの親しい光景として網膜に定着していった。

たまたま住むことになったモンルージュの街に、説明しがたい愛着を感じるようになったのはなぜだろう。書店を兼ねている古びた文房具屋の硝子棚に、パリ市内では見かけない旧式のペーパーナイフや、表紙の角が軽くめくれあがった何年か前の新刊小説を見つけたり、あるいはいつ通っても閉まっていて、どういう商売をしているのかさっぱりわからない古本屋で、思いがけず二〇年代の家計簿つき時事年鑑を発掘したりする楽しい副産物もあったのだが、そうした物質的な発見より、品はよくてもどことなく無味乾燥なモンルージュの空気の、中途半端な重さと匂いが、ふっと変化する瞬間に立ち会えることのほうに、むしろ不思議な昂揚を覚えたものだった。料理の匂いや珈琲の香りが鼻先をかすめるのとも、ゴミ収集車が通ったあと鈍い汚臭が流れるのともちがう、いわば街に澱んでいる大気ぜんたいが、いっぺんに数センチ、じぶんを置きざりにして前後左右どちらかに移動するような感覚と言おうか、いままで黙っていた並木が、不意の微風でざわざわと音をたてるときの、物事のはじまりと終わりがいちどきに生起する肌触りがたしかにあって、それはパリ市内のどんな通りや区にもない微妙なものだった。

ジャック・レダの『壁の外』を手にしたときの興奮は、詩集の味わい方としては邪道かもしれないけれど、自分ではなかなかことばにできずにいたその感覚をみごとに代弁してもらったとの思いからくる、感謝に似たものだったかもしれない。

モンルージュの街なかは冴えないただの引きたて役
すぐさまひとは、はずれの魅力を探しもとめる
とはいえ朝から晩まで歩きつづけられぬこともない
城壁みたいな墓地の塀と、皮膚を病む細々とした二、三の公園よりほか
ましなものと出会わぬまま
大気になにかうごめくものが感じられたら
ただちに気づかされるのだ、そこはもうモンルージュではなく
マラコフか、バニューの北か
あるいはすでに影のもと、金色の足をのばした若々しい秋が
踏み迷う長い回廊をもってそこにはじまる
アルクゥイユの西側に来ているのだと。

《三二三番線》と題された章の一部をなす「モンルージュ」の冒頭は、おおよそこんなぐあいなのだが、大気がそっとうごめいた瞬間、すでにモンルージュの外に出ているのだと詩《うた》うレ

ダの鋭敏な歩行感覚は、この詩集全篇を通じてあますところなく発揮されている。

こちらで、どんなふうに驚かそうと
策を練っても、モンルージュは眠り
さえしていない。穏やかな不眠を生きているのだ
夢見ることもできず、夢など相手にもしない、そんな魂の不眠を。

たしかに、つんと澄ましたモンルージュの穏やかさの底からゆっくり聞こえてくる音の波は、いかにも不眠を生きる街の息づかいだった。散歩の途中、驟雨に見舞われても、パリ市街とちがって即座に雨宿りのできそうなカフェが見当たらず、そうこうするうち道に迷ってつまらない路地に入り込んでしまうことも一再ならずあったし、ようやく見つけた店も、妙に薄暗いカウンターしかない、地元の人間だけに開かれた、ということは通りがかりの人間には閉鎖的な空間で、ついに入る勇気がわかぬまま、からだじゅうがぐっしょり濡れるまで歩き回ったこともある。記憶をたどってみると、雨にたたかれた舗道の下からも、眠れない街の息づかいが漏れ聞こえていたようにすら思えてくる。納得のいくことばにできなかったあの時の体感が、レダの詩行とともに生々しい臨場感をもってよみがえり、私は現場を歩いているとき以上に強く、

深く、街に引き込まれていくような錯覚にとらわれるのだった。

むろん、モンルージュをめぐる詩篇は、かなりきつい字詰めで一〇四頁におよぶこの詩集が抱えている詩行のごく一部にすぎない。五十篇ほどの詩にちりばめられた土地の名をすべて挙げれば相当な数にのぼるだろうが、『壁の外』を取りまいている郊外は、四章にわかたれた本書の全容をひと目で見渡せる目次を開いてみればわかるように、それだけでじゅぶん夢想を誘うに足る美しい地名から成り立っている。ジャヴェル、ベルシー、プレザンスなど、ヴォージラール大通りとの平行線に位置する区域をとりあげた「ヴォージラール緯線」、バニュー、アニエール、パンタン、クレテイユ、ヴェリジー、ブーローニュらを、月ごと、季節ごとに散策する「周辺部の一年」、クレムラン・ビセートル、イヴリー、ヴィルジュイフ、セーヴル、ヴァンヴと、一本の郊外バスが走る地域に取材した「三二三番線」、最後にソー、ヴェリエール・ル・ビュイッソン、ルゥルク運河、マルヌ川を列挙した「水と森」。とりわけ美しいのは、《雨が降っているかどうか耳傾けよ》との意味になる、レクゥート・シル・プルゥという名の川で、これなどは実際にその場を歩いてみなくとも、舌の先で音を転がしていさえすれば満ち足りてしまう、素晴らしい土地の名である。城壁の外へむかう者にとって、これら地名をふんだんに散りばめた詩篇は、夢想を誘う抗しがたい麻薬となり、郊外への恰好の案内役となりうるだろう。

だが、いったんレダの世界に呪縛されると、現実の歩行感覚と視覚がかえって鈍磨する危険も生じてくる。足と目と耳が覚えている現実の街衢《がいく》を、詩のなかに見いだして狂喜するのもつかの間、ほんとうは詩のなかの虚構の街こそ、詩人がことばで秩序づけた現実であると気づくのに、たいした時間はかからないからだ。『壁の外』をやわらかく固める映像は、歩いている詩人の視線が押さえたものであると同時に、詩行のうちにしか存在しえないものであって、実際そこに広がっているのは、郊外に住む人々の面差しではなく、ほとんど川や空や土手や建物などが織りなす無人の光景なのである。

この詩集が、城壁を抜けるためのもっとも正当な手段であるべき門ではなく、まだパリの内側に属するジャヴェル付近の風景からはじまり、そのままセーヌを下って水路で抜ける可能性をしめしているのも、ひと足ごとに人の気配を消そうとする詩人の意思のあらわれと読める。巻頭を飾る「ジャヴェル二景」の第一部は、シトロエン河岸とルブラン通りの交差するあたりを対岸として見る位置を起点とした濃密な散文詩だが、語り手は川面を進む平底船を見やり、対岸の土手にたつ火災報知器を人間と見まちがえるうち、やがてじぶんのほうが直立不動であることを悟って、通りがかりの者が遠くからこちらを見たら、それこそ火災報知器みたいに見えるかもしれないと想像する。水をはさんで、立場が逆転するのだ。人間ではなく、船や空や土手や火災報知器の生きる秩序が、こうしてまず提示されるのである。人間のごとく立ちすくむさびしげな物体を前にして、詩のなかの「わたし」は、それが悲しみに沈んでいるのではなく、《どうしようもない状態《フチュ》》にあるのだと思う。「なぜなら悲しみは世界に恣意的な影を投げるのにたいし、見棄てられた状態は、さほど得るところはないものの、世界の秩序と色合いを、公平に感知するからである」。

　何度か読み返しているうち、レダの詩集を統べる基調音が、どうやらこの《どうしようもない》という表現に潜んでいるのではないか、と感じるようになった。モンルージュが不眠状態にたゆたい、夢になどかまうものかと静かに居直ってみせるときにも、おなじ言い回しが使われていたはずである。つまらない感情移入を拒む、関心と無関心のなかほどに位置する歩行者の視線、人間をも書割りの一部と見る視線。レダ特有の空間把握の基盤となっているのは、このきわめて日常的な話しことばに浸透している郊外の匂いである。歩行者の側の心象というより、街そのものが彼に見せる突き放した距離感こそ郊外の秘密なのだ。モンルージュの街にたいする他愛のない思い入れを、そのままレダの世界に持ち込むなど、要するにとんだ錯誤だったというわけである。

　ジャック・レダは、一九二九年、ドイツ国境に近い、ムルト・エ・モーゼル県のリュネヴィルに生まれた。シュルレアリスムに興味を持つ者なら、ここがイヴ・タンギーとジャック・プレヴェールの出会いを導いた、歴史的な土地であることを想起するだろう。といってこの出生地が、詩人としての彼の経歴になんらかの影響を及ぼしているなどと言いたいわけではない。一九五二年に処女詩集を出しているのだから、早熟でも晩成型でもない、ほどほどの年齢でのデビューだったと評しうるし、ガリマール社の《ポエジー》叢書の一冊に統合された『アーメン』『レシタティフ』『ラ・トゥルヌ』ら、初期の充実した作品群には、地方で過ごされた幼年期のそこはかとない影が察せられるものの、パリにのぼった地方出身者がいかなる経緯で『パリの廃墟』のような詩人となったのかについては詳らかにしない。ただひとつ確実なのは、この詩文集をもってレダの世界が一挙に開花し、かつ深化したという事実である。パリの内部から周縁へ、街路の喧騒の底へ、名もない存在と化して音もたてずに降りてゆく緻密な第一部、オーステルリッツ駅からパリを発つ第二部という部立ては、この詩文集が安逸な散策ノートをまとめたものではなく、知的な構成にもとづく稀な達成であることを示している。《道》の総題で統括される叢書の一角に居場所を求めたのも、とりあえずは正解だったと言えるだろう。

しかし道を歩む者に、冒頭いきなり「異端者」の名が冠されるとは、いったいどういう事態なのか。「冬、六時頃、たいていわたしは通りを左手に下って公園を抜けていくのだが、椅子や小さな茂みに足を取られてしまうのは、愛のごとく理解しがたい空が近づき、わたしの目をすっかり吸いつくしているからだ」とはじまる、ほのぐらいトルコ石の色に覆われた夕空の下の道々。現実のものであって同時にそうでないような光景に展開する「異端者」たる「わたし」の歩み。音もなく流れる雲の沈黙を耐えつつ歩を進める彼は、いまどこにいるのか。すると、次頁で、読者は思いがけない、ほとんど戦慄的な一節に出会う。「やっとのことでわたしはコンコルド広場にたどりつく。空間がいきなり海になる。ほとんどないに等しい風によってすら、船出の息吹が感じられる」。パリ市の紋章に船が描かれていることを思えば、コンコルド広場からとつぜん海の香りが漂ってきたとしてもさほど不思議はないかもしれないが、ジャン＝ミシェル・モルポワの指摘するように、ここで感得されるのは一種のアニミズムだろう。ひとつの風景の底にひそむ精霊が、異端者たる「わたし」のまえに現前する瞬間。石を敷きつめた広場に海の匂いが満ちる、と記されたこの一瞬の変転のわきに、たとえば「濃い霧は海から葡いあがってきた」と語り起こされる辻邦生『背教者ユリアヌス』の冒頭を置いてみたい気がする。物語のはじまりを告げるにふさわしい変容の瞬間を捕捉できるかどうかに、レダの歩行者は全神経をかたむけているようにも見える。

だが一方でこの物語が、日々の散策の、じつに些少な光景に支えられていることを無視してはならない。『パリの廃墟』の歩行が郊外への散策に通じている秘密は、物語の肯定的でも否定的でもない矮小さにあるからだ。ジャヴェルの火災報知器とおなじく、異端者は悲しみや孤独を排して歩きつづけるのである。「歩いている男に絶望は存在しない、ただほんとうに歩いてさえいれば」とレダは書く。ならば彼はどこへ行こうとしているのか。パリの城壁を出て、どこへ行き、何を見るのか。

壁の外に踏み出してすぐ目に入ってくるのは、あらゆる季節を覆う空の諸相である。さまざまな空が行く手に広がり、郊外を歩く者は、つねに空と交信することで、信者に似た相貌をすら獲得する。この宗教性が、一挙に地上にひきもどされて《どうにもならない》日常に通じるあたりの自在さに、彼の本領があると言ってもいい。「オイル缶と給油ポンプの緑をした空／のもと、切り取った厚紙みたいな、不幸なホテルが／最初の電球に灯をともす。花柄の／カナッペが、そこで白熱の頂点をむかえる」八月のマラコフ、「量塊のなかで薄くそまった厚いセルロイドの空が」トンネルの出口でふくらんでいるアニエールの十月、「恐竜とおなじくらい重くゆっくりした雲が／草を食みはじめる……」サン・クルーとセーヴルの五月。冬の夜の「異端者」の散策が、いつのまにか郊外の景色の読解に影を落とし、レダの足どりを凝縮した視界をかたどっている。『壁の外』が伝えている郊外の雰囲気は、空の色を基調にして生み出されたもので、これはほとんど空をめぐる詩集と呼んでも差し支えないほどだが、じつをいえば、空への希求は、すでに遠く『アーメン』のなかの一篇、「空のゆるやかな接近」に語り尽くされていた。空がゆっくり近づいてくること。空に近づくのではなく、空が近づいてくること。冬の、脆弱な、果てのない空こそわたしたちの住処だ、と語る初期のレダの声は、ついに近づけないその空、「ささやかな地異」(立原道造)すら訪れそうにないその空を後にして、ふたたびパリへと戻る道行を予告しているかのようだ。失意に見舞われずひたすら歩く者の視野には、人間ではなく、まずこの空がひろがっているのである。

レダはその後、さらなる地平線をもとめて、『散歩者へのすすめ』(一九八九)、「歩く方向」をも暗示する『歩行感覚《ル・サンス・ドゥ・ラ・マルシュ》』(一九九〇)などの詩集を世に問うている。実作をつづける一方で、昔日の威光こそ失われてしまったものの、現在でもそれなりの鮮度を保っている文芸誌『NRF』の編集長をつとめ、そのかたわらジャズ評論も手がけている。ジャズをめぐる文章と詩は『即興、ジャズを読む』として決定版の手軽なペーパーバックで入手できるが、ことばそのものの陶酔にからめとられないで、伝統的な詩法のコード進行をかすかにずらしてゆく彼の語法に、即興演奏的なリズムがあることは強調しておいていい。「表向き混沌とした、不規則な地域である郊外を語るために定型詩を用いるのは、コントラストを強調するためというより、むしろそのほうがしっくりくるからだ。というのも、郊外はまた、慣習のパロディの場でもあるからで、いたるところに、何かに似ようとする努力のあとが見られるからだ」とレダは解説している。都市になろうとしてなれずにいる郊外。かぎりなく不徹底な匂いが立ちこめている周縁の景観は、模倣がついに模倣に終わる悲しみにほかならず、この悲しみを表出するべくあえて伝統詩のかたちをなぞり、わずかな軋みを加える彼の手法は、それじたいで卓抜な郊外論となりうるものだ。どっちつかずの状態にしか安堵できない空間こそが郊外なのであり、秩序をもとめた瞬間、その存在意義は消えてしまうのである。

モンルージュ暮らしが終わりに近づいた頃、あれは復活祭の休暇のあとだったろうか、ヴェリジーまで出かける用事ができた。面識のない相手からかかってきた電話の、ヴェリジー・ヴィラクブレーを知ってるか、ヴェルサイユの近くだ、目立つ建物だからすぐわかる、という威圧的な物言いに気おされて、馬鹿なことに地図も持たず、住所を書いた小さな紙切れと、スパイラルのメモ帳をポケットに入れただけでモンパルナスからヴェルサイユ行きの郊外電車に乗り込んだ。ヴェリジー・ヴィラクブレーが地名であって、駅名ではないと気づいたとき、すでに列車はホームを離れていた。約束まであと数十分しかなかったその時点では引き返すこともできず、ヴェルサイユの手前で下車してなにか対策を講じるほかなかったのだが、となると好都合なのはシャヴィルだろうか、いやそれでは近すぎるからやはりヴェルサイユ・シャンチエのほうだろうか、と迷っているうちシャヴィルに着いてしまい、あわてて飛び降りると、午後二時をまわったその駅にはほとんど人影がなかった。頼りにしていた駅の案内図は落書きに覆われて役に立たず、黒人の改札係にヴェリジー・ヴィラクブレーの住所を見せても、この先にカフェがあるからそこで訊いてみろと素っ気ない返事がもどってくるばかりで、しかたなくタクシーを拾おうと駅前広場に出た途端、今度はひどい雨が降りだした。広場はたちまち滝の雨に沈み、むかいの道路をときどきトラックが走り抜ける騒音すらかき消されてしまう。これから人と会うのだからびしょ濡れになるわけにもいかず、おまけにいくら待ってもタクシーは現われないのだ。

歩いている男に絶望は存在しない、ただ歩きつづけてさえいれば、とレダは言う。けれども歩みを雨に止められた私には、それなりの絶望が芽生えはじめていた。異端者どころか、右も左もわからぬ異邦人の困惑をもって空を見あげても、そこには一面べったりと乳濁した灰色の雲が垂れ込めているだけで、重いこの空が詩に転成する瞬間などとても訪れそうにない。歩きつづけなければ郊外は生成しないのだろうか。郊外とは立ち止まることのできない空間なのだろうか。

……わたしはこの足で、盗賊のように
あそこの、神に見放された黒人の、あるいはカビール人のように
見に行くのだ、金網で立ち入りを禁じられたヴィラクブレーへ

かつて勢いよく飛行機が降り立っていた空間を。

約束の時間がすぐそこまで迫っているのに雨足はいっこう衰えず、おまけに気温はどんどん下がっている。このままでは風邪をひきそうだ。電話で連絡をとり、駅をまちがえたと素直に告白しようか、それとも神に見放され、楽園から追放された人間として、盗人のような足取りでヴィラクブレー目当てに雨のなかを歩こうか。こんな調子では、たとえ約束の地にたどり着いたとしても、張りめぐらされたフェンスに遮られ、先に進めないのではないかという気さえしてくる。なるほど《どうしようもない《フチュ》》とは、やはり字義どおり人間の側から発せられるべきことばだったのかもしれない。そう気づいたとき、私はもう雨のなかを走りだしていた。

晴れていたらそのまま運河沿いに歩くつもりだったのだが、油断すると雨にやられそうな空模様だったし、水を眺める心地よさはともかく、どこまで進んでも右手には殺風景な工場がつづいているようだったので、電力会社の横からルーセルの工場をぬけて教会までもどり、そこからル・プレ・サン・ジェルヴェへ下ることにした。辻公園の裏手の細い道を分け入っていくと、教えられた番地に《工場の片隅《オ・コワン・ドゥ・リュジーヌ》》という名の、間口の狭いカフェがあった。いきなり東洋人が入ってきたので、二、三人の常連客と話をしていた主人は少々面食らったように見えたが、男の名前を言うと、下にいる、と顎で階段のほうを示した。急な螺旋階段を下りきった右手にトイレと電話があり、左手には思いのほか広い地下室が隠れていた。

白い漆喰が煙草の脂で茶色っぽく変色した丸天井のその地下室には、古びた三台のベビー・フットがほぼ等間隔に並べられ、いちばん奥の台で二人の男が遊んでいた。私は彼らに目で合図をしてから真ん中の台のわきに立ち、しばらくゲームを観戦させてもらった。一見したところ互角に映ったが、ベージュのセーターを着た、神経質そうな長髪の男のほうが手を抜いているらしいことは、すぐにわかった。午後のまだ浅い時間で、この地下の競技場にはほかに客はおらず、力まかせにバーを動かし、時どき体重をかけて台を揺すっては相手を攪乱しようとする黒眼鏡の男の掛け声をのぞけば、ほかに物音はなく、妙にしんとしている。黒眼鏡の顔つきからすると、試合はどうやら最終局面に入っているようだった。

長髪の男は、バーがほとんど軋まないほど滑らかな操作で相手のディフェンスを巧みにかわしつつ小さなボールを左隅に持ち込み、そのままセンタリングさえ無難にこなせばたぶんあっさり決着がつくだろうところを、何を思ったかわざわざドリブルで自陣にもどし、最後列から三つ目のラインまで運ぶと、今度は右のディフェンダーをすうっと移動させ、ボールをキープしている人形をおなじ縦のライン上にならべて、そこへいきなり、意表をつく強烈なバックパスを出した。薄汚れたボールは、微妙な仰角に調整されていた最後列の守備陣にあたって敵方へ跳ね返り、すべてのラインの頭上を小馬鹿にするようにふわりと、だが狙いすましたとおりの軌道をたどって飛び越え、相手ゴールに吸い込まれていった。黒眼鏡の男は啞然としてキーパーを一歩も動かせず、吐息とも嘆息ともつかぬ声を漏らした。神業的なそのシュートを決めたほうがオリヴィエであることは、言われなくてもわかった。それが《オリヴィエ・スペシャル》と呼ばれるシュートであることすら、私はもう知っていたのである。

オリヴィエを紹介してくれたのは、十一区のヴォルテール街にあるカフェで知り合ったカルドーゾという名の、ポルトガル人の配管工見習いだった。彼とはたまにその店で顔を合わせる程度だったが、辺りにはアジア系の顔も多いので、むこうはこちらを仕事にあぶれたヴェトナム人だと思い込み、好意に似た同情を抱いてくれていたらしい。私とおなじくらいの年かさだったから、何となく気があった。親方が注文をとってこないときは、たいていこの店でぶらぶらしており、要するに半分は失業状態だった。客足の途絶えた時間帯にかち合ったりすると、おまえもまだ仕事が見つからないのか、とよく心配してくれたものだ。私がこの男と仲良くなったのは、しかし相手がこちらの境遇を親切に誤解してくれたからではない。もっと直接的な媒介物があったからである。それが、ベビー・フットだった。

外来語を拒んで自国流に発音を変えてしまうことの多いフランスにあって、《ベビー・フット》は《週末《ウィッケン》》などと共に認知され、原語に近い発音で口にされる、特権的な英語のひとつである。ゴールを《ビュット》と呼び、コーナーキックをおなじ綴りのまま《コルネール》と読むくせに、《ベビー・フット》だけはみな英語風に発音する。最初はそれが不思議でならず、誰かれとなく理由を訊ねたものだったが、納得のいく答えが返ってくるどころか、そんな瑣末な事項に関心をもつことじたい、馬鹿にされるのがおちだった。ゲームそのものは第二次大戦以前から存在していたはずなのに、『プチ・ロベール』によると、この英語が正式に仏語として認められたのは、ようやく一九五一年のことである。選手の人形がついたバーを動かして相手ゴールにボールをぶちこむだけのこの単純なゲームには、単純なだけに子どもっぽい闘争心を煽るところがあって、一度面白さを覚えると病みつきになってしまう。

パリのたいがいのカフェにはフリッパー、すなわちピンボール・マシンが置いてあり、ヌーヴェル・ヴァーグの映画そのままに、常連がたかって騒いでいる。伝統的なベビー・フットを置いている店は珍しく、パリで最初に現物を見たのも、リヴォリ街にあるゲーム機器の卸問屋にならべられた展示品だった。当然のことこれは新品で、塗装がけばけばしく、ぜんたいに落ち着きのないデザインだったから、たまたま立ち寄った裏通りのカフェで、木製のフィールドや適度に塗装のはげ落ちた鉄の人形を残す「本物」を見たときは、さすがにわきあがる興奮を抑えきれなかった。それ以前の私は断然フリッパー派だったのだが、カルドーゾやその仲間たちと腕を磨くうち、ベビー・フットにより深い愛着を抱くようになっていったのである。同時にまた、ベビー・フットこそは、わずかな番狂わせをべつとして実力者だけが君臨できる世界であり、現実のサッカーにひけをとらない過酷な競技であることも徐々に理解していった。

その頃、私は新聞の広告や情報誌などを介さず、できれば不動産屋よりも安価な手数料で住居を見つけたい同胞たちの、いわば代理人として動き、うまく契約まで持ち込んだ場合、家賃相当額の三割を現金で懐に入れるという、非合法の周旋屋めいた仕事で小遣いをかせいでいた。月に一、二件あれば、遊びまわるに十分な金が集まる。この仕事を軌道に乗せてくれたのが、じつはヴォルテール街で知り合ったカルドーゾで、配管工事をする先々で空き部屋情報を仕入れては、話をまとめる仲介役をつとめてくれていたのである。ところが、現実にはカルドーゾのほうにも影の情報提供者がいて、こちらに流される情報の大半は、出所をその第三者においているのだと、やがてカルドーゾ自身の口から知らされた。それが現在フリーで内装の仕事を請け負っているというオリヴィエで、彼はまた人を食ったシュートを放つ、ベビー・フットの達人だとも聞かされていた。運河沿いの散歩もかねて、私がわざわざパンタンまで出向いてきたのは、新しいコネクションをこの男と築くためだった。部屋に空きができると、家主は最低限の手入れをする。壁を塗り直すのはもちろんのこと、家主の人柄がよければ、きちんとした内装の職人を呼ぶこともある。つまり、オリヴィエの仕事場はそのまま空き部屋なのであり、仕事を引き受けた段階で情報が確保されるのだ。日時を指定したわけではなかったけれども、この時間帯ならたいがい見つかると教えられて、私は殺伐とした郊外の一角に足を運んだのだった。

あんたのことは、カルドーゾから聞いてるよ、とオリヴィエは言った。右目がわずかに寄っていて、どことなく焦点のあわない感じが、神経質そうだという第一印象を裏付けていた。あんたのことは、聞いてるよ、けれど俺は奴とはちがう。商売にするだけの意志とノウハウがある。本気で組む気なら、取り分は半々だ。それは無理だな、と私はことばを返した。ほかにも情報源はあるんだ、こちらとしては確実なつてをひとつ増やしたいだけでね、百歩譲っても三割だ。彼はしばらく間を置いて、いいだろう、と応えた。ただし現金を用意してくれ、小切手は受け付けない。俺が持ってる情報は、随時あんたに流す。めぼしいものがあれば、早めにチェックする。そう言って、彼は名刺を一枚差し出した。オリヴィエ・イスマール、内装一般、ミシュレ街十一番地、九三五〇〇、パンタン。もちろん電話番号も記されていたが、カウンターでビールを飲みながら話をしているうちに、なんとなく電話を使わず、こちらからぶらりと出向いてくることになりそうだとの予感が芽生えはじめた。野卑な言葉づかいで、おまけに訛りもあったから、話をぜんぶ飲み込むことはできなかったのだが、壁紙の張り替えや床板の修理を生業としているこの男には、妙に人を惹きつけるところがあったのだ。話題も豊富で、驚くほど本を読んでいた。

俺は日記をつけてる、と彼は言った。簡単な業務日誌みたいなもんだ、書くことが好きでね、詩もときどき書く。政治風刺みたいな詩だけどな。あんたはどうだ、あんたも本が好きか、シュザン・ニルの『夜の鳥』って本を読んだことあるか？　ない？　なら今度貸してやろう、すごい作家だ。俺がいつか書いてみようと考えてたことを、完璧に描き出してる。人間の精神には夜と昼とがあって、この小説は夜の世界にしか生きられない人間の悲劇を扱ったものだ。これこそまさしく俺の言いたかったことでね。俺は、夜の側の人間なんだよ。

シュザン・ニルという名の作家を、不幸にも私は知らなかった。知らないと素直に告白するのも癪なので、聞き覚えはあるが読んだことはない、などともっともらしい返事をしてとりつくろったのだが、あの時、私は彼の話をもう少し真剣に聞いておくべきだったのかもしれない。俺は夜の側にいる人間だということばに、いくらかでも引っ掛かるべきだったのだ。愚かにも、店舗改装などの突貫工事で夜間の仕事も多く請け負っているのだろうくらいにしか、受け取ることができなかったのである。

春先から夏場にかけて、オリヴィエから流してもらった、不動産屋を介さずに部屋を貸したがっている家主のリストをもとに、月二、三件のペースで話をまとめ、そのたびに情報提供者のもとへ、手数料を渡しにパンタンまで出かけて行った。家主と交渉する場合、具体的な戦力となってくれたのは彼の方だったから、現場で依頼人をまじえて落ち合うことも多かった。とはいえ月に何度かは、七十五番と一五一番のバスを乗り継いで、仕事とは無関係にパリ北郊の工業地区まで足を運び、工場やフランス国有鉄道の操車場を目の隅に追いながら、午後の日差しを鈍く照り返す運河に沿って、ながいあいだ歩きつづけることがあった。川のある街に生まれたからだろうか、水を見ていて飽きることがない。ルルゥク運河のうらびれた風情にそこはかとない懐かしさを感じとったのも、たぶんそのせいだろう。サン・マルタン運河やセーヌ河岸をぶらついているときとは趣を異にする、護られていない、剝き出しの土地の空気、誰も関心を持ってくれない郊外の匂いが、かえって奇妙な解放感を漂わせていた。

ベビー・フットをやるためだけにパンタンへ出かけることもあった。失業手当てで暮らしている人間も何人かいて、仕事探しに疲弊すると酒をあおってくだを巻き、あるいは地下室に現われて仲間の試合を観戦したり、飛び入りで参加したりするのだったが、その大半は移民労働者で、私には彼らのフランス語がほとんど理解できなかった。ベビー・フットに関していえば、オリヴィエの力量はそんな強者たちのなかでも群を抜いていた。巧みなドリブルと変幻自在のカウンター攻撃、バーを扱う両手首のしなやかさ。七つのボールのうち四つをゴールにぶちこめば勝ちというルールの枠内で、けっして無理をせず、適当に力を抜きながら相手を楽しませ、最終的にはじぶんが勝利を収める図式をかたくななまでに遂行する一種の達観。ひ弱な外貌と裏腹なこの醒め方が、彼に謎めいた魅力を付与していた。金を賭ける代わりに、敗者は数フランのゲーム代を支払い、負けがこんだ場合はアルコールをおごる単純な紳士協定をみなが遵守しており、試合中に激昂して殴り合いになることもなく、パリ・サンジェルマンの試合結果しだいでは大荒れになった階上の客たちの素行と、一線を画していた。

じつをいえば、私はある公的機関から月々の給付金を受けていた。最低限の生活はこれで保護されていたから、周旋屋稼業は純粋なアルバイトでしかなかった。だが、多くはないにせよそうした援助を受けていることを、ついに彼らの前で言いだせなかった。いくら乏しいとはいえ、彼らの失業手当てよりは高額だったからである。ぐうたらを装っても、私には頼ろうと思えば頼ることのできる基盤があった。逆にいえば、この基盤を崩すような真似は、可能な限り避けて通らなければならなかった。私の闇商売がもたらしてくれた新しい友人関係の裏面には、つねにある種のうしろめたさが張りついていたのだった。だからこそ、七月なかばのある午後、ボードワンと名乗る刑事からかかってきた電話に、平静ではいられなかったのである。

シャルル・ストコィスキーを知ってるね、と刑事は言った。シャルル・ストコィスキーですって？　あんたと組んで仕事をしていた男だ、東洋人の仲間はあんただけだったはずだが。ちょっと待ってください、誰ですって？　シャルル・ストコィスキー、オリヴィエ・イスマールという偽名を使ってた男だよ。

落ちついて対応できたのはそこまでで、あとはパンタンのヴィクトル・ユゴー通りにある警察署へ何時に出頭してもらいたいとの刑事のことばを、乾いた喉もとで復唱するのが精一杯だった。わけがわからぬまま、私は指示された時刻に間に合うよう、バスではなくメトロの五番線を使って警察署まで出かけて行った。受付で身分証明書を提示し、ボードワン刑事のオフィスに通してもらうと、小さな木製の机をはさんで刑事は差しむかいに座り、私がオリヴィエとして付き合っていた男の顔写真を示した。髪型こそちがうけれど、疑う余地はなかった。正面から見て口もとがいくぶん右上にあがっている特徴も、大がかりな鉤鼻も、白黒写真ではいっそう目立つ軽い斜視も、私が知っている男のものだった。

シャルル・ストコィスキーは正真正銘の内装職人だったが、窃盗と詐欺の前科があり、細々とした小遣い稼ぎにも余念のない、堅実なタイプの犯罪者だった。刑事によれば、彼が出入りしていた建物は、空き巣にやられる確率が異様に高いのだという。みずから忍びの役を引き受けるのではなく、工事のときに管理人から渡された鍵束のスペアを作って、べつの犯罪グループに売っていたらしいのだ。余罪も多かった。たとえば映画館が企業向けに出す割引つき優待券をくすねて、それを入館待ちでならんでいる客に安価で流す。優待券の所有者はこれに一〇フラン上乗せすれば入場券を手にできる。正規料金が四〇フランなら、この優待券には三〇フランの価値が生まれる。だからこれを二〇フランで買い、受付で一〇フラン払っても、なお一〇フランの得ということになるわけだ。こんなでたらめな話をこしらえては、週末に時間帯をずらしてレ・アールとボンヌ・ヌヴェルを往復し、わがベビー・フットの達人は、一晩で相当な稼ぎをポケットに入れていたのである。

ところが先週、パリの八区で手慣れた詐欺のパターンを実行しようとして、ぼろを出した。管理人のいないアパルトマンでは、住人どうし、顔を知らないことが多い。玄関口のインターフォンに記された名前を調べ、無作為にひとつ選びだすと、その名を騙ってべつの階の人間にインターフォンで話しかける。わたしは何階に住んでいるあなたの隣人の誰それだが、玄関の鍵とアパルトマンの鍵を車に入れたまま仕事に出ているすきに、レッカー車で持っていかれてしまった。警察へ出頭し、保証金を払わなければならないのに、あいにく財布も身分証明書も免許証も、鞄に入れて車内に置いたままだ。これから仕事で車を使わねばならないのですぐに取り戻したい、ついては頭金としてわずかな金でも貸していただけないか、今夜じゅうにお返しする、ともっともらしい作り話を披瀝する。うまく行けば何百フランかが手に入り、怪しまれればその場で回れ右をして立ち去ればいい。だが不運なことに、先週の顧客は、勇敢にもはめられたふりをして部屋に男を通し、それは大変でしたね、まあ少し休んでくださいと同情しながら警察に通報したのだった。ストコィスキーは現行犯で逮捕され、その供述から、仕事仲間のひとりとして私の名前が出たのだという。

たしかにオリヴィエ・イスマールは、仕事仲間ではあった。めでたく話がまとまれば《工場の片隅》でベビー・フットをしたり、酒を飲んだりした。渡された名刺の番号を回せば連絡がとれたのだから、偽りの身分であるなどとは夢にも思わなかった。話をしている限り不審な点はまったくなかったといっていい。私は浮わついた声でオリヴィエとの「仕事」の内容を刑事に説明し、部屋の契約時には依頼者と大家との直接交渉になるのであり、詐欺ではなく単なる仲介にすぎないし、これまでのところトラブルはいっさい起きていないと主張した。公的機関から労働を許可しない条件で給付金を受けていることについて、刑事が何もつっこまないでくれたのはありがたかったが、それを餌にさらなる情報を求められても答えようはなかったのである。私は何も知らなかったのだから。最後に、刑事が書いた調書を読まされ、供述内容を確認したうえでサインをさせられた。ぼんやりした頭で外に出ると、脚はしぜん、運河の方へとむかっていた。

運河では相変わらず老人たちが釣り糸を垂れていた。風がないせいか水面は穏やかで、流れがあるのかどうかすらはっきりしない。晴れあがった広い空も、澱んだ運河の水も、水面に照りかえる光も、ほとんど目に入らなかった。じぶんが犯罪者扱いされたわけではないにせよ、それなりに親しかった数少ない異国の人間のひとりが仮面をつけて暮らしていたという事実には、強い衝撃を受けていた。運河沿いを呆然と歩きつづけているうち、やはり店に寄ってみようと、私はコダックの工場前で引き返すことにした。カフェに顔を出したときには、それほどの距離を歩いたわけではないのに、緊張からか脚が棒のようになっていて、私は主人に、ホテルの朝食に出るような、ポット入りのたっぷりした珈琲を淹れてもらい、カウンターにへばりついて、それをゆっくりと口に運んだ。主人はあまり口をきかなかった。警察に出入りされたのがかなりこたえている様子で、客は俺の友だちだが、私生活の細かな部分にまでは関心ないからな、オリヴィエはオリヴィエでいいんだ、と彼は両手をひろげて嘆いてみせた。

エスプレッソ用の豆を挽いてフィルターでドリップした珈琲に助けられ、少しずつ気持ちが落ちついてきた頃、そういえば、オリヴィエからあんたに渡してくれと頼まれていたものがある、と主人は思い出したように言い、レジの下の戸棚から小さなクラフト紙の包みを取り出した。開けてみると、中身は一冊の本だった。《Susan Hill, *L'Oiseau de nuit*, roman traduit de l'anglais par Roseline Eddé》。あっ、と私は小さな声をあげて、手垢に汚れたその黄色い表紙を見つめた。スーザン・ヒル。初めて会った晩、オリヴィエがさかんに持ちあげていた作者は、シュザン・ニルではなく、スーザン・ヒルだったのだ。仏語読みの罠にかかって疑いもしなかったが、スーザン・ヒルといえば著名な英国の女流作家である。遠いむかし、邦訳で『奇妙な出会い』という戦争小説を読んだこともあった。第一次大戦を題材にした一種の教養小説で、前線で知り合った二人の若者の友情を描いた作品だった。すっかり忘れていた小説の題名と作者の名前が、こんな異国の郊外にあるカフェのカウンターで突然よみがえり、何とも形容しがたい困惑に私を陥れた。私とオリヴィエの関係こそ、奇妙な出会いだと言えなくもなかったからである。

その晩、眠れぬままベッドに寝ころがって、ロズリーヌ・エデの仏訳による『夜の鳥』を読んでみた。狂気を宿した詩人との痛ましい友情を、その死後、友人が回想するという体裁の物語で、夜の鳥、すなわち梟は、精神を病んだ者の比喩でもあるようだった。オリヴィエ、いやストコィスキーは、昼の顔と夜の顔を持っていることを、私に示唆したかったのだろうか。一九七三年にアルバン・ミシェル社から出ているこの本の見返しには、鉛筆で一〇フランと書き込みがあった。古本屋の店先にころがっていた本を、彼は題名につられて買ったのだろうか、あるいは彼が私に吹き込んだように、誰かに薦められて手にしたのだろうか。いまはもう、それを確かめる手だては失われてしまった。

動物園を愛した男

午前中オペラでつまらない仕事を済ませたあと気分転換にチュイルリー公園でも歩こうと思っていたのに、気がついてみたら二十四番のバスに乗ってセーヌ沿いを走っていた。目の前の停留所に入ってきたバスにきちんとした計画も行き場もないまま乗り込んでしまうことがしばしばあって、なぜそういう事態に立ちいたるのかじぶんでもよくわからないのだが、バス特有のゆったりした発着音がぶおんと地響きを伴って身体に伝わってくるなり、媚薬でも飲んだみたいにこの乗物が官能的に見えてきて、走る速度にふつりあいな慌ただしさで開閉する昇降口のドアを逃すまいと、思わず知らず駆けだしてしまう。

これはパリだからそうなるのではなくて、東京にいる時にもごく日常的な光景だった。ふつうに歩いていれば労せずして目的地へつける時間帯に、バスの面構えとエンジン音に誘われてつい乗ってしまい、小銭がないのをいらだたしげな運転手になじられてもくじけず、板敷きの車内を掃除する油のつんとした臭いと排気ガスの臭いを左右の鼻孔で同時に味わいながら、たとえば金曜日の午後、上野から御徒町をぬけて竜岡門へ向かうあたりの殺人的な渋滞のなかで漫然と腰を下ろしていたものだった。もっとも小さな乗物を好む傾向は幼少時からつづいているものだし、バスだけが特権的な位置をしめているわけではない。目的なしに飛び乗っても不安になるほど遠方へは行かず、どこまで乗っても運賃は均一、おまけに移動速度はなつかしいほど遅く沿線の物価も安いという、これはなかなか賢明な判断にもとづいて、早稲田と三ノ輪橋をむすぶ都営荒川線沿いの、中間点にある荒川車庫前に三年以上住みついていたことがあった。悪質ないたずらで鉄道を管理するコンピューターのケーブルが切断され、翌日の朝刊一面に「首都圏の交通網完全麻痺」と大きな活字が踊るような場合ですら、一本たりともダイヤを乱さず淡々と走っていた荒川線は、要するに「首都圏の交通網」に数えられてはいなかったのだろう。あのつつましい車両が滑走する空間だけは、いわばほとんど「大都市の内部にある郊外」とでも呼ぶべきものだった。振りかえってみると、私はこれまでずっとそんな土地を歩いてきたように思う。

パリで二十四番と記されたバスに乗り込んでしまったのは、だから条件反射というべきものであり、あとはサングラスをかけた通行人が目立つ初夏の大通りを、バスに揺られて適当な町まで運ばれていけばよかった。歩きたくなったら降車用のボタンを押して下車すればいい。ただ、この適当な場所というのが問題なのだった。散歩には「適当」という基準など存在しない。天候、体調、時間帯によって、時には懐ぐあいによっても「適当」と判断される条件は変化するからである。

河岸をわたる風が心地よく、最初のうちは窓の外に流れる景色を追うだけで満足していたのだが、ベルシーを過ぎる頃、乗り慣れないこのバスの路線図をなにげなく見あげてみて、私は思わず腰を浮かした。二十四番はサン・ラザール駅から出てセーヌ沿いを走り、マルヌ河との合流地点にあるシャラントン・ル・ポンに抜けているのだ。なるほど、こんなぐあいに若い番号のバスでも壁の外に出られるのか。終点のアルフォールまで乗ってしまえば、そこはもう立派な郊外だ。いい機会だからふたつの河の合流地点でしばらく風に吹かれてみよう。そんな気分になってきたとき、突然ヴィクトル・ユゴーの名前が女性の声でスピーカーから流れ出て、あろうことか今度も反射的にそこで降りてしまった。偉人の名前を通りに冠するのが西洋の常識だとはいえ、フランスの街路でこの十九世紀に生きた国民詩人の名を見つける確率はかなり高い。ユゴーの詩行にひけをとらない数の同名の通りがいたるところにあって、詩など読んだことがなくともその名前を耳にしただけでなんだか畏れ多くなり、こんな気持ちになるくらいだから、もしかすると身体の奥にじぶんでもあずかり知らぬ詩心が潜んでいるのではあるまいかと、淡い期待を抱きつつ引き寄せられたりする。ともあれ私は、さっきまでは考えもしなかった場所で眠そうなおばあさんといっしょにバスを降り、停留所にある簡便な地図板に一瞥をくれて、すすけたその地図のまえで詩情とは関係のない昂揚を味わうことになった。いま身を置いている一角が、ヴァンセンヌの森のすぐ北側に位置しているという事実に、遅まきながら気づいたからである。

頭のなかでパリを想い描くときまず浮かんでくるのは、中心部から渦巻き状に区を重ねてできる、下部が上部にくらべていくらか膨らんだ楕円形だ。これはよく利用しているミシュランの、携帯用パリ市街図の影響によるものだろうが、各区の境界線をしめす黄色い線ではなく、パリを一周する環状道路の太い赤線が目の記憶にながく留まるために、表紙に印刷された縮図が、まるでどくどくと熱い血液を送り込む血管や歪みのある大きな赤血球のように見えてくる。まだ現実のパリを知らずにパリを舞台とした小説を読んでいた頃、たびたび参照したこの地図のおかげで、ちょうどフランス全土が八角形をしているといった都合のいい記憶法に似て、パリは東京でいえば山手線に相当する環状道路に囲まれた赤い楕円形だという教科書的な思い込みが、ずっと脳裏を支配していた。ほぼ真西と南東部に突き出た、地図のうえでは緑に染められているふたつの大きな瘤が、パリ市の所有地であるという行政上の現実を、いつのまにか忘れてしまっていたのだ。しかしパリの地図を取り出してみれば、ブーローニュの森とヴァンセンヌの森は、付録のようにしてではあれきちんと記載されている。いずれも「森」を取り払ってしまえば、それは郊外の町の名であり、いかなる歴史や経緯があろうと、この貴重な緑地だけパリ市の管轄だと言い張るのは、首都の傲岸に属する事態だろう。ブーローニュの森が十六区、ヴァンセンヌの森が十二区の管理下に置かれている事実は認めるほかないとして、前者がオー・ド・セーヌ県の、後者がヴァル・ド・マルヌ県の領域に食い込んだ郊外の一角であることはきちんと認めておくべきなのだ。実際の話、壁の外を歩く悦びからこのふたつの森を排除するのはなかなかむずかしい。

ヴァンセンヌの森が地理的にはいびつな恰好で壁の外に存在しているという、中学生でも驚かないような常識に感じ入ってしまった私は、マルヌ河へ下る思いつきをあっさり捨てて、ヴァンセンヌとの境界にむかってシャラントンまで歩くことに決めた。バス停の地図には教会も記されていたから、その周囲に感じのいいカフェでもあるはずだし、誰にもわずらわされず、午後いっぱいゆっくり本でも読もう。やはりユゴーの加護はあるのか、幸い街角には小さな新刊書店がまだ昼の閉店を迎えずに頑張っている。筋書きどおりユゴーの詩集か、ヴァンセンヌ、シャラントンからの連想で、神様にあまり覚えのよくないS侯爵の書簡でもあがなっていれば、もう少し高尚な午後を送ることができたかもしれない。ところがその店の文庫棚のわきには、「安売り」と書かれた段ボールがふたつも置いてあり、売れ残ったミステリや現代小説の古本がいっぱい詰まっていたのである。

こうなるともう習慣にしたがうほかないので、私は長い時間をかけて、米国産ミステリの仏訳から、題名と表紙のアンバランスが印象的な一冊を選びだした。マルカム・ボース『動物園を愛した男』。《セリ・ノワール》の兄弟分《シュペル・ノワール》から一九七五年に出ている本だ。私にはこの程度の本がふさわしい。教会前の広場まで出て手前の大通りにあるカフェに入り、テラス席に腰を下ろしてリエットのサンドイッチとビールを注文すると、未知の作家の、饐えた臭いがするペーパーバックを開いてみた。最初の一頁を読みだしてすぐ、サンドイッチにピクルスを入れてもらうのを忘れたことに気づき、深い失望を味わったが、臆せず読み進めているうち、ちょうど三分の一を終えたところで唐突な既読感に襲われた。物語の展開に覚えがある。どこかでもう読んだような気がする。私はビールをお代わりすると、予想外の律儀さでその先をたどりはじめた。

舞台はサンフランシスコ。猛暑の夕方、くるぶしまである季節はずれの長いコートを着た髭面の若者が、丘の中腹の道路を歩いている。思いがけない場所に観光バスが一台止まっているので窓から覗いてみると、乗客はみな薄闇のなかで眠っていた。奇妙に思いつつ乗り込んでみたら、なんと全員死んでいる。若者はここぞとばかりに死者の懐を探り、じぶんの持ち物を捨てて、戦利品をポケットにつめられるだけつめてくるが、翌日の新聞には、死体を満載したこのバスについて一行の記事もなかった。不審に思っていると、数日後、テレビのニュースで、観光バスが海へ転落し、乗客は全員死亡したとの報道があった。引き上げられたバスは、まちがいなく彼が目にしたものだった。

彼、ウォーレンは、ヴェトナム戦争から負傷兵として帰還し、戦争もアメリカも架空の世界であり、ただ動物園だけが現実だという妄想にとらわれている。十二歳で孤児となり、図書館司書をしている未亡人の叔母ヴィクトリアに育てられた、傷つきやすい青年だ。理不尽な戦争に駆り出されたあげく、彼は母国の社会からも排除されようとしている。原書刊行は仏訳とおなじ一九七五年、ここには大国を苦しめた戦争の影が射しているようだ。ウォーレンは、叔母に奇妙なバスの話と盗みを打ち明け、とりあえず品物を預かってもらうと、盗んだ金を使ってサンディエゴの動物園に出かけていく。

一方、ウォーレンの介入に頭を抱えている連中がいた。事故なら遺族は遺品を要求してくる。返せないなら理由を説明しなければならない。海に落ちる前にしか盗みは働けないのだから、その段階で全員死亡していたことが割れてしまう。となれば真の死亡原因が追求されるのは必至だ。元FBIの始末屋で画廊を経営しているアレクサンダー・ボイルが、バスに落ちていた手帳をもとに窃盗犯を追う。手帳はウォーレンのもので、そこには動物のデッサンと四つの電話番号が記されていた。動物園、図書館、旧兵士組合、そしてジュリーという女性の番号。まず手がかりになりそうなこの女性に連絡をとり、ウォーレンの存在を知るや、ボイルはサンディエゴまでその跡を追い、あっさり殺害して所持品を探ってみる。しかし盗まれた品は見当たらず、彼はふたたびサンフランシスコに戻る。題名に採用されている「動物園を愛した男」は、こうして前半三分の一で姿を消す。どうやら目の奥でちらついていた既読感は、主人公だと思っていた人物の、このいささかの未練もない退場の仕方によるものらしい。

事件を知らされたヴィクトリアは、その不可解な死と観光バスの転落事故になにか関係があると睨み、謎を解くためおなじ観光バスに乗りこむ。かたやボイルはジュリーのアパートを物色するがなにも見つけられず、図書館経由で行き当たったヴィクトリアのアパートに侵入する。そこにも目当ての品はなく、ついにボイルはヴィクトリアを追って、ルート途中からツアーに参加する。バスは予定通りのコースをたどりつつも、一か所だけ寄り道をした。乗客の渇きを癒すために、パンフレットには記載のない、辺鄙な農業研究所のカフェテリアで休憩をとったのだ。ふだんはひとの出入りが禁止されている区域だが、日曜日だけは守衛が小遣い稼ぎをかねて観光会社に協力していたのである。ヴィクトリアはそこで不思議な話を耳にする。研究所の面々が、先週勤務していたもうひとりの守衛も含めて、一週間のうちにそっくり姿を消してしまったというのだ。彼らは更迭されたのだろうか。だとすれば、理由があるはずだ。バスの死体とこの不自然な更迭とのあいだには、なにかつながりがあるのではないか。やがて彼女は、ボイルの目的が彼女自身の荷物にあることを悟る。さらに研究所のメンバーを乗せた飛行機がアイダホで墜落、全員死亡したとの新聞記事を読むに及んで危険を察知し、ボイルの裏をかいてサンフランシスコに戻る。

真相はこうだった。この農業試験所では、一年前から、国家機密に属する細菌兵器の開発が行われていた。ところが、実験用マウスが逃げて貯水槽で溺れ死に、研究所の水を汚染するという事故が発生する。当日立ち寄った観光バスの一行は、その水を口にしたのである。かくて死亡原因を隠蔽し、政府レベルの問題が表面化するのを防ぐために、崖からの転落事故がボイルの協力を得て演出され、すべて順調に運んでいたところへ、ウォーレンが介入したのだった。ヴィクトリアは甥の盗んだ品を貸し金庫にあずけ、事情を説明した手紙とその鍵を弁護士のもとに送る。窮地に追い込まれた殺し屋は、敗北を認め、国外逃亡を決意するが、逃亡前日に心臓発作で息絶える。

ヴェトナム帰りで精神を病み、動物園をこよなく愛したウォーレン、衰えの目立つ殺し屋ボイルの焦りと寂寥、甥の復讐にたちあがって真相を突き止めながら、ボイルに亡き夫の影を見てそこはかとない友情を感じもするヴィクトリアの性格がなかなか巧みに描かれ、観光バス道中における彼らの心理描写と真相究明の盛りあがりなどもこの分量の作品としては秀逸で、最後まで遅滞なく頁を繰らせるだけの力がある。構成も悪くない。まずはこの掘り出し物に喜びつつ、ほとんど変わらない内容の映画があったことを私は思い出した。それも小説の舞台を生かしたアメリカ映画ではなく、わりあい新しいフランス映画だ。「既読感」ではなく、「既視感」だったのだろうか。

勘定をテーブルのうえに投げ出すと、私は教会前からメトロの八番線に乗り込み、一番線に乗り換えてオテル・ド・ヴィルで下車した。ボブールの図書館なら遅くまで利用できる。俳優辞典を振り出しに、映画関係の辞典をいくつかひっくり返していると、やがてそれらしい映画を探りあてることができた。ジャン＝ピエール・モッキーの『アジャン・トゥルブル』。ウォーレンにジョン・ルヴォフの『浴室』で異貌を見せつけたトム・ノーヴァンブル、叔母ヴィクトリアにカトリーヌ・ドヌーヴ、殺し屋ボイルにリシャール・ボランジェというキャスト。役名がフランス風に変えられ、サンフランシスコがパリに、サンディエゴがアルザス地方の雪山に、ウォーレンの愛してやまない動物園がブーローニュかヴァンセンヌに移されているほかは、まぎれもなく先ほど読了した本の筋書きを踏襲している。一九八七年の作品で、脚本がジャン＝ピエール・モッキー、原作は、マルカム・ボース。まちがいない。偶然手にしたあのミステリは、映画の原作だったのだ。タイトルをどう訳したらいいのか。ボイルの役柄を暗示する「腕の衰えたエージェント」とも取れるし、実験用マウスの事故やウォーレンの存在を念頭に置いた「トラブルの要因」とも読める。ことばの響きは当然「二重スパイ《アジャン・ドゥブル》」にひっかけたものだろう。原作の《*The man who loved zoos*》を直訳した仏題よりは物語の展開に忠実で、ふくみがある。動物園という単語にひかれて読んだ者としては、映画のほうも原題をそのまま残してもらいたかったのだが。

よく晴れあがったある日の午後、私はウォーレンにならってヴァンセンヌ動物園に出かけた。象と河馬と熊とを表敬訪問したあと、キリンの柵の前にあるカフェテリアで休憩する。至近距離ですばらしいキリンの首筋を拝観しながら食事をし、ビールが飲める最高の場所だ。私はそのなかでもいちばんいい席に陣取って、先日の古本をめぐる一件について考えてみた。たんなる散歩の一場として片づけられない問題が潜んでいるように思われたからである。あの時、米国小説の仏訳を買ったのはたしかに習慣的な選択だった。この石の街で気楽に本を読もうとすると、私はかならずといっていいくらい本国の作品を遠ざけて、よそから来た作品の翻訳に手をのばす。おそらくここに、わだかまりの鍵がある。フランスにいながら、なぜフランス以外の国々の産物に触れなければならないのか。また、こう問うこともできる。フランスに輸入された外国産の作品を味わうとき、自分が《くつろぎ》を、ある種の余裕を感じるのはいったいなぜか、と。

仏語訳による読書は、いわばフランス語を純粋な媒介としてなりたつ行為である。英米の、ロシアの、あるいはスペイン・ポルトガルの文学を仏語訳で読むこと。南米文学が日本に大量輸入される前、はるかに早い段階で、ブームとは無関係な、着実なリズムで翻訳紹介を重ねていたのがフランスだったが、そこには異文化を摂取する際にこの国が見せる確固とした信念があらわれていたように思う。仏訳の字面に追っているのは、他言語で描かれた作品の内容だけではなく、その解釈の土台なのだ。異文化を導入する方法の長所と短所が、そこには同時に顕在しているのである。個人的なものさしを適用するなら、たとえばペソアの詩などは仏語で味わうほうが現在のじぶんにあっては自然であり、ポルトガル語を学んで理解したいとまでは考えない。邦訳も開かない。日本語が入り込んだ途端に形容しがたい緊張感が生じ、《くつろぎ》が失せてしまうのだ。

外国において、それ以外の国の文物がどのように消化されているか、一度ひねりを効かせたこの「受容の受容」をめぐる考察は、文化の模倣・吸収の過程を見つめなおすという点で無視できないものであり、原点たる都市を受け身でなぞっていく郊外への視線とつながっていくようにも感じられる。いや、少なくとも私にとって、事情はもっと単純かもしれない。ある国がべつの国の文化を取り入れようと試行錯誤しているさまを、第三国の人間が傍観するというのは、原典への責任を巧妙に回避しながらその表面だけをなぞるに等しい。だからこそ《くつろぎ》を感じるのであって、これは礎石の質を検証しないまま寄せ集めの材料でその上に家を建てる手抜きと変わりがない。「仏語訳」による読書は、したがって安易で無責任な行為ともいえるのだ。この気楽さゆえに、私は直接仏語で書かれた、真に深く、真に恐ろしい作品を正面から味読し、考え抜かないまま、表面を軽く触れるだけですませてきたのではないか。こんな歳になるまで、なにごとにつけ本質の理解を、たんなる置き換えでごまかしてきたのではないか。

柵のはるか上まで首をのばして聳えたつキリンたちの、ただそれだけのために行なわれている時間をかけた丁寧な咀嚼の様子を、私はぼんやりながめていた。下顎をロータリーエンジンのように音もなく滑らかに回転させて草の葉をすりつぶし、胃の腑に入れようとしている彼らは、十分な咀嚼を経たのちにもなお長い時間をかけてそれを嚥下しなければならない。これほど深く物事を噛み砕いたことが、じぶんにあっただろうか。知識はたしかに増えている。だが溜め込んだそれらの知識の活用は、多くのばあい原作の希釈に終わる映画化ほどにも成功せず、うわっつらをかすめるだけの、小手先の転換作業に終始している。眼前のキリンの方こそ、咀嚼の持続と真剣さにおいて圧倒的に輝いているのだ。マルカム・ボースの主人公が言うように、堀に囲まれたその場所に幽閉されるべきなのは、人間である私の方かもしれない。

地上七十メートルにおよぶ巨大な給水塔を隠した張りぼての岩山が、遅い午後の太陽をあびて赤く染まっている。キリンの首さながら無造作な感じでのびてくる樹木の影が、横倒しにかなり遠くまで届くようになってきた。閉園までまだ時間があるとはいえ、あちこちから聞こえていた動物たちの鳴き声や気配が、しだいに薄らいでいく。いったい私はなんのためにこんなことをしているのか。キリンたちは堀のむこうで暢気にビールを飲んでいる小柄な東洋人を、潤んだ黒い瞳で見るともなく追っている。たぶん私は、この問いにたいする回答を永久に繰り延べるために目的のない散歩を反復し、中心に触れぬまま周縁をへめぐるバスに乗って逃げまわっているのだろう。だが、本当に面白いものは中心ではなく、「へり」にある。中心から目を逸らす行為にこそ快楽がひそんでいるのだ。

誰にたいするでもなくそう弁明したい気持ちになった瞬間、目の前のキリンとふいに視線がかちあった。私はまるで初々しい少女に見つめられたかのように、いくらか頬を紅潮させて思わず目を逸らす。キリンに見つめられて目を逸らすというのは、なんとエロティックな体験なのだろう。柄にもなく真面目な自省を重ねたあげくのはてに、私はもうそんな下卑たことを考えていた。

霧の係船ドック

視界はたぶん五十メートルほどだったろう、前方を走る車のテールランプははっきり見極めることができたし、気を抜かなければそれほどの危険はなさそうなコンディションだった。午後九時をまわっていたからあたりはもうきれいな闇に包まれているはずなのに、手で触れられそうなほど粒子の粗い霧にさえぎられて闇は闇として現われぬまま、茫漠と車体を包み込んでいる。ハンドルを握っている男はさっきからひとことも口をきかずに、かなりの徐行でも縦揺れする古いワゴン車を走らせていた。サン・ドニの工場地区で高速に入り、ヴィルヌーヴ・ラ・ギャレンヌにむかうあたりでさらに視界が悪くなってくると、さすがに心もとなくなり、前を行く大型トラックの、こまめに点灯するブレーキランプをいっしんに見つめて、ただ事故のないことを祈るばかりだった。小一時間ほどしてゆるやかな右まがりのカーブを無難にこなし、ようやく高速を出ると、それからドック沿いの広い道路を走って、男の友人がいるという自治港の管理局に向かった。管理局のまえで車を止め、彼がさっぱりしたコンクリートの建物に入っていくのを見やりながら、もしかしたら密輸品の隠された犯罪の巣窟に来てしまったのではないかと、ますます落ちつかなくなってきた。セーヌ沿いにならぶこれらジェンヌヴィリエの係船ドックに倉庫を持っていると聞いて興味がわいたのは事実だが、たいして付き合いもない男にふらふらついて来てしまったじぶんを、いまになって呪うような始末だった。

この男とはじめて会ったのは、ポルト・ド・シャンペレで開かれた古書市でのことだった。愛書家ではないので、そんな大がかりな催しにまで出かけて獲物を物色する習慣はないのだけれど、仕事で地方をまわったとき、暇つぶしに立ち寄ってぶあつい郷土史を購入したのがきっかけで付き合うようになった古書店の主人が、今度上京してスタンドを出すと連絡してくれたのである。殺風景な公園の下に掘られた防空壕のような展示会場まで出かけていき、ふつうならかなり高額の入場料をとられるところを、参加者の一筆のおかげで晴れがましくフリーパスの身となった私は、べつだん大した栄誉でもないのにそのことが嬉しくて、主人を見つける前に、あれこれと珍しい本を手にとってはその高値にため息をついた。もっとも、招待されるにはそれなりの理由がなければならず、しかもこのときの理由というのは、まことに思いがけないものだった。日本の古い《春本》の鑑定を頼まれたのである。

春本の出所は、第二次大戦中、臨時政府が置かれたことのある地方都市で役人をしていた男の娘だという。彼女の父親が持っていた日本のポルノグラフィを譲りうけたまではよかったが、東洋の文字が理解できぬうえに扱い慣れない品目とあって、その価値がどれほどのものか見当もつかない。ドイツ人の顧客に艶本を蒐めている男がいて、たぶん売れると思うから、目録には簡略な解説も加えて、できるだけ正確な値をつけたい。そこでパリ在住の日本人である私に白羽の矢をたて、電話してきたのだという。その手の本を蒐集しているわけでもないし、まして草書体など解読できるはずもないとはっきり断ったのだが、会場に設営される臨時レストランでの昼食を餌に、だいたいの予想を立ててくれるだけでいいと釣られてつい引き受けてしまった。ポルト・ド・シャンペレが、あまり特色のなさそうなパリの「へり」にあることも魅力のひとつだったのだろう。

ワインを飲みながら楽しい食事をすませたあと、頬を紅潮させた主人から見せられた問題の春本は、おそらく神田あたりにいけばいくらでも転がっていそうな白黒の粗末な木版画で、構図も内容もありきたりなものだった。局部は強調されておらず、ほぼすべてがいかにも日本的なほのめかしで統一され、どうやらこの小冊子を売ろうとしている当人も、そうした仕掛けを明確に理解してはいないらしい。丸髷の女性が、上半身を小山のように隆起した布団の端からのぞかせ、そのしたで姿の見えぬ男が背後から彼女を責めたてている、といった図柄の変奏が芸もなくならんでいる和綴じの本に、それほど値打ちがあるとも思えず、まあ二〇〇フランくらいをめどにしておいたらどうかと根拠のない提言をする一方、この女性のいささかも恍惚としていない顔つきが納得できない主人にたいして、私はなぜか赤面しているじぶんに狼狽しながらも、部屋の隅に立てられた屏風からこっそりのぞいている丁稚ふうの少年を指さして、たぶんこの少年は彼女の召使で、女主人の悪癖をなかば双方の了解のもとに盗み見し、まさにこの黙約こそが互いの興奮を高めているのですよ、その証拠に、ほら、女の左手の小指が奇妙な角度にまがって、少し震えているように見えるでしょう、などとでまかせを喋っていた。

その時、われわれの肩ごしにかいまみた、東洋女性のあやしげな姿態に引きつけられて、ひとりの男が話しかけてきた。痩せた小柄な男で、黒い薄手のジャンパーに灰色のベレー帽をかぶっている。男はとくに本の世界に精通しているふうでもなかったが、ざっくばらんな口調で陽気な質問をかさねては、終わりかけていたふたりの会話を存続させてくれた。どういう仕事をされているのかと尋ねてみると、業者でも研究者でも好事家でもなく、本を売る側の、それも生活のために売る側の人間だった。本業は小口の荷物を扱う運送屋で、つてがあってよく古書や骨董を扱い、じぶんで見つけたものや客から依頼されたものを売りさばくこともあるという。どういうものだか詳しくは知らないのだが、色物のエッチングや写真などもたまに任されて業者に売りつけているのだ、と男は説明した。あまり人を疑ってかかるのはよくないと思いつつ、なんとなく胡散臭い気もして、深入りをしないよう、頃あいをみて私はその場を辞した。

ところがしばらくして、まったく偶然、私はもう一度この男に会ったのである。手狭な部屋に棚を作りつけるため、歩いて運べる限界に近い量の板切れと、二メートル近くある自在縁やフックをＢＨＶ《ベー・アッシュ・ヴェー》で買い込み、つらくなってパリ市庁舎の裏手の乗り場でタクシーを拾おうとしたのだが、白い鉄の棒を何本も立て、大きなビニール袋をいくつもぶら下げたまま、間の抜けた弁慶のようないでたちで三十分以上待ったのに車は摑まらず、勇を鼓してバスに乗ろうかと迷っていると、少し先の道路に白いワゴン車が停車し、運転手が乗れ乗れと手招きする。荷物をかついでよたよた近づいてみると、あんた、ポルト・ド・シャンペレでポルノを売ってた日本人だろう、と言う。面食らって一瞬ことばを失ったが、助手席にベレー帽がのっているのを見て相手の顔を思い出した。タクシー待ってるんだろう、いまは流れがわるくてここには来ないよ、運んでやるから乗りな、と男は言う。後ろに列を作っていた連中の白い目を背中で受けとめつつ、即決して横開きのドアを滑らせ、小荷物がいくつか乱暴に転がしてある後部にすべて積み込むと、私はあわただしく助手席に腰を下ろした。まず礼を述べてから、ポルノを売っていたのではなく、たんに古本屋の主人から相談を受けただけだと生真面目に弁解し、それにしても、よくこんなところで一度しか会っていない日本人を見分けられたものですね、と訊ねてみた。あのとき感じた胡散臭さが、まだ残っているような気がしたのだ。いや、見分けたんじゃない、東洋の人間なんてこちらから見ればみんなおなじ顔だ、と彼は言う。声を掛けて、あんたが車に寄ってきてから、突然ひらめいたんだ。

やはり臭い。いつもこんな親切をばらまいているのですか、と私は丁寧な口調でふってみた。配達の途中、車にスペースがある場合にはタクシーの真似事もするとの答えに、ようやく意図が読めてきた。この男は、大きな荷物を持てあましている通行人を、親切ごかしに釣りあげては金を取っているのだ。事情を察した私は、なにも訊かずに先手を打つことにし、家はそれほど遠くないから、荷物のぶんもふくめて五〇フランでどうかと持ちかけた。男はちらっと私のほうを見て軽い笑みを浮かべ、それで十分だ、と答えた。考えてみればなかなかうまい商売だった。小回りのきく個人営業の運送屋でなければ思いつかないアイディアである。荷物の配送にもぐりのタクシー業を重ねあわせれば、かなり効率のいい稼ぎになる。おまけに人間を運ぶほうはその場かぎりの現金収入だから、申告の必要もない。これほど画期的な小遣い稼ぎがあるのに、なぜ本の持ち込みなどをしているのだろう。だいいち古籍商でもないのに、どこから本を仕入れるのか。

男の話によると、パリ北西のジェンヌヴィリエに友人たちと共同で倉庫を借りていて、大きな荷物の一時預かりや長期管理の名目で利用しているのだが、シャンピニーで骨董屋を商っている仲間のひとりが、書籍やら古物やらを定期的に運び込むので、いつのまにかそれらを分担して捌くようになったのだという。倉庫があるのはきちんとした場所のようだし、ショバ代も支払っているはずだから、やましいものではないようだ。いま思い起こすと、なぜそんな申し出をしたのかわからないのだが、おそらく頼りにしていたべつの仕事が予想外の展開で頓挫し、なにごとにつけ余裕がなくなっていたからだろう。気がつくと、私は彼にこう持ちかけていた。個人的なつてで本を捌くことができる、もちろん客は身分のはっきりした日本人だ、画集や稀覯本を求められる場合が多いから傷んでいるものは除外するが、美品ならたぶん言い値で売れる。そちらがよければ、一度その倉庫とやらを見せてくれ。あやしいところがなければ組んでもいい。相手も異存はなかった。われわれは連絡先を交換し、適当な日に、男の仕事がはねたあとで倉庫を見にいくことに話をまとめた。抜け目のないその運送屋は、イタリア系の男だった。

彼は管理事務所の自販機で珈琲をふたつ買ってきてくれた。私が珈琲を欲しているかどうかも確かめない、気配りというにはあまりに無造作なその容器《ゴブレ》の差し出し方に、ふと安堵するものを感じて、まさかギャング映画みたいに造船所か海運会社の倉庫で撃ち合いになるなんてことはあるまいと、いくらか気を取り直した。たまに散歩をかねてヨットを見物に出かけるアルスナルのマリーナなどとちがい、造船所のあるヴィルヌーヴ・ラ・ギャレンヌあたりから下流につづく港は、いまにも潮の香りがしてきそうな、海に直結した空気を抱えている。周囲はもう闇に沈んでいたし、霧はここにも執拗に入り込んでいたから、細部を見学するのは無理だった。ワゴン車に運ばれて、彼が共同で使っているという倉庫の一角に着いたときも、水銀灯のまわりが噴霧器で白い霧を散らしたように濁っていた。

倉庫の内部は、想像していたほど整理されていなかった。コンテナや木箱が整然と積み上げられているとばかり思っていたのに、そこはだだっ広い空間のすみに仮設された金網式の囲いにすぎず、ごくありきたりな納屋の感覚に近かった。これでは運送屋どころか立派な古物屋だ。農具の先についていた鉄の塊、がっちりした田舎風の簞笥、年代物のプジョーの自転車などが金網越しに外から見える。F615というその扉を開けてなかに入ると、彼はすぐに青いプラスチック・ケースを数個、あいた場所へ引きずり出してきた。本はいつもこのなかにあるのだという。その棚の下にあるケースも見ておけよ、たぶんあんたの好きなポルノも入ってる。あくまで私を春本の売人に仕立てたいらしい。これならいっそのこと、大麻のブローカーにでもしてもらう方がましだった。

幅広い客層に流せる文庫本を彼がよりわけているあいだ、私は指示されるまでもなくケースを次々に開けて中身を物色しはじめた。古いグラビア雑誌や黄ばんだミシュランの地図、さして面白みのない歴史書や料理の本、BD《バンド・デシネ》、クリスティのペーパーバック、名前も知らないような作家たちの、色褪せた小説。どういうわけか二股のソケットや櫛、手鏡といった日用品の残骸もまじっている。こちらの気をそそるものといえば、あちこちの海岸に牢固な城砦港を造ったヴォーバンの伝記、寝台の歴史をたどった本、ルネ・ラリックの展覧会目録、モンテルランの『闘牛士』やゾエ・オルダンブールの小説くらいで、素人目にも定期的な商売が成り立つ品とは思えなかった。ポルノが入っていると教えられたケースは、生々しい接合場面の写真をつないだ雑誌の宝庫ではあったが、この程度のものなら日本でも入手可能だし、よほどのことがないかぎり売れないだろう。大麻に劣らぬ貴重な品が眠っていて、それを目当てに銃撃戦が行なわれるなど、まったくの幻想だった。

三十分ほど漁ったところで私はあきらめた。もうなにも出てきそうにない。じゅうぶん満足した旨を相方に伝え、ただし一緒に組む話は、とりあえずなかったことにしてくれるよう念を押した。男が品物の出入りをチェックする備え付けのノートに必要な事項を書き込み、倉庫を閉めると、われわれはまだほんのりと霧の残る港内の道路をたどって、鍵を返すためふたたび管理局に立ち寄った。今度は小銭を渡して珈琲を頼み、かならず《砂糖増量》のボタンを押すようにと付け加えた。甘いものが欲しかったのだ。彼を待つあいだ、煙草を一本ボックスから拝借して火をつけ、道路をはさんだ真むかいにある税関のほうに目をやった。税関? ということは、あの倉庫にあるのは国外から来たものなのだろうか。しかしどこから運ばれて来ようと、私には関係のないことだった。この男と組むとしたら、小口の引っ越しを斡旋する程度にとどめておいたほうがいい。

そのとき、彼が最初に運びだしたペーパーバックの箱を、まだきちんと調べていないことに私は気づいた。車内灯をつけて後部に積み込まれた箱に手をのばし、一冊ずつ取りだしてみる。おおかたは懐かしい絵をあしらった古い文庫本だったが、判型の小さい単行本も投げ入れてあり、そのなかに、髭のある冴えない男の肖像を表紙にした、薄っぺらな本がはさまっていた。ひどくすすけていて、赤っぽい文字はよく読めなかったが、その肖像画の筆致には見覚えがあった。スゴンザック。そう、アンドレ・デュノワイエ・ド・スゴンザックだ。

あえてひらがなで「ふかみどり」と記したくなる色調を生かした風景画家としてではなく、ペンと墨で裸婦を描く卓抜な挿絵画家、対象に選ばれた人物の身を刺すような孤独とかなしみを剔出する水彩、あるいはエッチングの作者としてのスゴンザックを、私はことのほか好いている。よく知られたプルーストの死に顔のスケッチのほかにも、ロンサールの『ソネット集』に添えられた放恣な挿絵、自身の最もよき理解者だったレオン＝ポール・ファルグの晩年の肖像、多少のことでは動じない堂々たるコレットの、たぶん彼女がひた隠しにしていたさみしげな裏面を残酷にあばいた横顔などが代表作として挙げられるだろう。これらはみな、画集でいく度となく目にしているうち、すっかり目に焼きついてしまったものだ。オレンジ色の弱々しい車内灯で、そこだけはっきりと照らしだされた男の、斜め右からのポートレイトの筆触は、まぎれもないスゴンザックのものだった。少なくとも私は、そう確信した。

珈琲を両手にもどってきた相棒に、私はさっそくその本を示し、譲ってくれと頼んでみた。彼は一瞥をくれただけで手にも取らず、一〇フランでならべる本の箱だがね、と言う。私はここでも先回りして、五〇フラン札を握らせた。駆け引きというにはあまりに些少な額ではあったが、ともかく一冊を厳選して家に持ちかえったのである。

ところが、その本はスゴンザックの画集ではなかった。帰宅後、明るい光のしたで脂に固まったほこりの層をはらってみると、赤い文字で記された表題がくっきりと浮かびあがったのだ。表紙の絵に心を奪われて中身をろくに見もしなかったのはこちらの落ち度だった。スゴンザックの手になるのは、表紙と、そして中表紙の似顔絵だけで、本体はまったくべつの画家の作品集だったのである。正確にいえば、男の肖像は、スゴンザックのデッサンをジュール・ジェルマンという彫り師が木版にしたものだった。しかし、モデルの名前を見て驚いた。リュック＝アルベール・モローというその響きのいい名前は、私にとって未知であるどころか、必要にせまられてアポリネールの展覧会評をのぞいたときから、ずっと気にかかっていたものだったのである。進取の精神をなんの気取りもなく見抜き、みずから標榜する「新しさ」に追い越されまいと早々にこの世から姿を消してしまった詩人は、一九一一年のアンデパンダン展から数度にわたってモローをとりあげ、有望な若手画家の「かなり濃厚なボードレール的感情」や「メランコリックで官能的な芸術」を簡潔に指摘している。ボードレール的と形容されている絵を、私はいつか見てみたいものだと考えていた。洪水のあとで拾いあげたような泥と染みだらけの表紙に、NRF社独特の赤でうっすらとその名前が浮かびあがった瞬間、そんな夢ともいえぬ夢がかなえられたのである。

リュック＝アルベール・モローは、一八八二年にパリで生まれた。弁護士をめざして法学を修め、代訴人の見習いをしたあと、どういうわけか東洋とアフリカの言語に興味を持ち、一九〇六年に東洋語学校で学位を取得している。この頃から絵画を学び、一九〇八年、サロン・ドートンヌで画家としてデビュー。第一次大戦に従軍中、コンピエーニュで重傷を負った体験が、のちの経歴に大きな影響を及ぼすことになる。この大戦をはさむ芸術・思潮の変遷を説いた史書などでは、グレーズやメッツァンジェらとひとくくりにされ、前線の兵士のクロッキーなどがしばしば資料として載せられているのだが、彼の絵そのものにさほど大きな位置は与えられていない。私の手に落ちた小冊子は、NRF社が出していた《新しいフランス画家》叢書の第三巻にあたり、刊行は一九二〇年、白黒の複製二十六葉に、当時ガストン・ガリマールのもとで美術部門を仕切っていた批評家、ロジェ・アラールの解説が付されている。第一巻がアンリ・マチス、第二巻がシャルル・ゲラン、近刊予告としてマリー・ローランサン、ルオー、マルケ、ブラック、ヴラマンク、ユトリロ、ドラン、ピカソ、スゴンザック、アンドレ・ロトなどが挙げられ、新進の画家を網羅する企画だったことがわかる。

色彩を欠いた図版であるにもかかわらず、私はこれらの複製画に、じゅうぶん堪能させてもらった。同時代の多くの画家がそうだったように、モローもまたキュビスムの洗礼を受け、知的な画面構成や円筒を接続したような腕や脚にその痕跡が認められるのだが、一九一〇年前後の、女性を描いた作品には、たとえばヴァン・ドンゲンの濃艶な女性像よりもずっと端正でありながら、さらに深い憂愁とエロスが把捉されている。はだけた胸を十字に交差させた腕で隠し、細長い顔をモディリアニ風にこころもち傾けた女性。《黄色い首飾り》と題されたその作品の黄色が、モノクロによって想像のうちにしか存在しえないだけに、両の掌からこぼれでているふたつの球体の白さがいっそう際立ち、視線はそこにひきつけられる。あるいは長い両足を閉じたまま床に腰を下ろし、そろえた膝に肘をのせている、おなじように胸をはだけた若い女性《イポリット》の肖像。物欲しげな目でこちらを見つめ、いいようのない官能を発散しているのに、淫猥さにだけは陥らない節度があって、それが逆に肉の誘いを抗しがたいものにしている。思いがけない経緯で現われたこの小さな画集は、ある意味でまさしく上質のポルノだった。つまらない仕事探しをたしなめる慈悲深い春本。私はあの霧の係船ドックで、これ以上ないほどすばらしい女性の肉体を手に入れたのだ。

翌朝、私は運送屋を電話で呼び出し、なんとあの本は、これまでに触れえた最高のポルノだったよ、と伝えた。ほう、そんなに激しいものだったのか？　激しかったね、眠らせてもらえなかったよ、と私。五〇フランで一晩楽しんだってわけか、そいつはよかった、お目当ての店にいくまでは小さくなってたくせに、終わってみれば大満足とは、あんたもまだうぶじゃないか、と彼は大声で笑う。機会があったらまた連れていってほしいと言いつつも、希少な書物を発掘して転売し、生活の足しにしようなどという考えを、私はもうすっかり棄てていた。やはり本は秘めやかな愉しみのために買うものなのだ。その証拠に、しばらくして例の古本屋の主人から送られてきた新しい目録には、わざわざそのためにこちらが呼び出されもした春本は記載されておらず、同封された手紙に、やけに丁寧な文字で、あの本はじぶんのためにとっておくことにする、と書かれていた。

ロワシー・エクスプレス

あれは夏休み明けの安価なパックを利用してやってきた個人旅行客に、まる五日間、朝から晩まで付き合わされたあとのことだった。最後のタクシー代まで節約しようとするその中年男に文句ひとつ言わず、膨大な土産物がつめこまれた大型トランクをかつぎ、空港行きのシャトルバスでロワシーへ送り届けたのは、まだ報酬を手にしていなかったからにすぎない。傍若無人な相手の振る舞いに、これも仕事とわりきっていたにもかかわらず、いよいよお別れという段になって、使い切れなかった小銭をみな、特別謝礼だと恩着せがましくじゃらじゃら手渡されたところでさすがに切れた私は、RERでレ・アールまで戻るとその足でフナックに駆け込み、腹立ちまぎれに五日分の収入をすべて本に換えてしまった。秋の出版シーズンがはじまっていたせいか、店内は異様な興奮に包まれていて、読まないとわかっているような新刊書まで、私は金の許すかぎり、片っ端からレジに積みあげた。なかに一冊、『ロワシー・エクスプレスの乗客』という、こちらの怒りをいなすような題名の書物がふくまれていたのだが、帰りがけに入ったカフェでそれをなんとなく手に取ったのがいけなかった。結論から先に言うと、私はこの本に打ちのめされてしまったのである。

冬の朝、トランジットでド・ゴール空港に立ち寄ったひとりの女性から、ある男のところへ、次の便が出るまえに会いたいという電話が入る。かつて一緒に暮らそうとまで考えながら、互いにあちこち旅を重ねていてすれちがいが多く、そのままになってしまった女性。ずいぶん長いこと音信がなくて、今度いつ会えるかもわからないその相手と、男はほんのわずかな時間だけ空港で顔をあわせ、彼女がふたたび飛行機に乗りこむのを見届ける。何度目かのそんな別れのあとには、お決まりのわびしい雨まで降り、がらんとした郊外電車にひとりぽつねんと腰を下ろして、ふだんは窓の外に流れるままやり過ごす殺風景な郊外の様子を、注意深く見つめてみる。ある年の一月二日、十五時三十分、ロワシー＝シャルル・ド・ゴールからサン・レミィ・レ・シュヴルーズへと延びているRERのB線上、パルク・デ・ゼクスポジシオンとヴィルパントのあいだを走っているとき、いましがた大切な女性を虚しく見送った男は、ふと、何年も使い慣れているくせに周辺の地誌についてほとんど知らずにすませてきたこの路線の駅をひとつずつ下車し、それぞれの駅で一泊しながら旅をしてみようと思いつく。思いつきというのは、いつもそんなふうにしてやって来る。

　パリ地方をほぼ南北に横切るRERのB線は、全長約六十キロ。北駅、シャトレ＝レ・アール、リュクサンブール、ダンフェール・ロシュローなど、パリ市内の節目を入れて、計三十八の駅からなっている。使用頻度の高い「壁の中」の駅といくつかの小さな駅を除外すれば、三十前後までその数を抑えられるだろう。一日にひと駅ずつ歩いてみるとして、一か月ほどで踏破できる勘定だ。路線沿いに「移動」するのではなく、あくまで「旅」をしてみること。男はすぐさま写真家の友人に電話し、この着想を伝える。どうだろう、そんな「旅」をぼくと一緒にしてみないか、と。まあ奇抜な発想だし、馬鹿らしいところもあるけれど、いいわ、あなた《ジュ・》の言うとおりにする《スィ・トン・ノム》わ。驚いたことに、彼女はあっさり承諾してそう付け加える。あなたの言うとおりにするわというその応えが、これから行なわれようとしている酔狂な旅に、どこかしら恋愛小説のような趣を与えることになった。男の名前はフランソワ・マスペロ、女の名前はアナイク・フランツ。仏和辞典では「首都圏高速交通網」と訳出されるRERのひとつ、B線をめぐる旅が、こうしてはじまる。パリ郊外のすさんだ風景、コンクリートの街並み、退屈な日々、移民と失業者、荒廃する若者たちの世界の現在と過去を、電車に乗ったままであればわずか一時間で横断できる距離のなかに見いだし、ぎこちないほど真率な歩行の速度で寄り道しながら検証してまわったこの旅の記録は、「壁の中」にしか物語を認めようとしない人々に鉄槌を下す、貴重な思考の産物なのだ。

出発点は国際空港のあるロワシー。けれども空港の周辺にあるのは三つ星の高級ホテルだけで、気楽な安宿が見つからない。歩行とバスにふさわしい質素な町のホテルなど、輝かしい空への窓口には必要ないというわけで、ひとまず荷物を預けられ、できることなら一夜の宿を提供してくれそうなホテルを探し求めて、彼らはロワシーの町へとむかう。だがロワシー・ヴィルとはいったいどんな土地なのか。空港の周辺にある町はこの巨大な施設に併合され、ミシュランの郊外地図にも、またパリ周辺の旅行案内書にも、細部はほとんど記されていない。わずかにパリ郊外を網羅している五万分の一地図に、ロワシー・アン・フランスという名が太字で刻まれている程度である。花の都への玄関ロロワシーは通過するための空間であって、旅行者が立ち寄るべき場所ではないのだ。そんな町を歩いてみることとじたい、なんとも魅力的ではないか。奇想を実行に移すための試金石として、まことに好都合な半端さのなかに納まっているのが、名前だけは誰でも知っているロワシーなのである。

観光名所に挙げられることはまずないものの、学者によってはその起源が四世紀に遡るとされているサン・テロワ教会を見学し、それから近所の老人に声をかける。土地の人間に話を聞くこと。それが彼らの作業の基本だ。生粋のロワシーっ子だという老人への最初の質問から、すでにこの旅の特殊な呼吸法がはっきり伝わってくる。いまでもここでは赤ん坊がたくさん生まれますか、と尋ねたマスペロに、老人が応える。いいや、ロワシーじゃあもう生まれないよ、生まれるのはゴネスでだ、と。小さな町では、人は結婚し、離婚し、死ぬことはあっても、生まれはしない。生まれる場所は産院であり、その神聖なる産院は、隣町にしかないのである。産院が存在しないために、故郷と出生地が一致しない例など、人跡まれな過疎の村を探せばいくらもあるだろうが、ロワシーはまがりなりにも国際的大都市の近郊にある町なのだ。事実を事実として差し出されただけで常識がぷつんと切られてしまうような感覚が、ここにはある。

老人の父親は、第一次大戦前、ここに四三〇ヘクタールの農場を持っていたが、戦線で負傷したのを機に売り払い、戦後はアクセサリー用の硝子細工をつくる会社を興した。硝子工芸で有名な、イタリアはムラーノからたくさんの職人を呼び寄せ、やがて商売も軌道に乗るが、そこへ登場したのがムッソリーニだった。大切な労働力だったイタリア人は罵声とともに故国へ送り返され、工場は閉鎖される。そして二度目の戦後には硝子細工をあきらめ、ポーランド人を雇ってセルロイド工場を設立した。老人は父親のあとを継ぎ、定年までそこで働いていた。この町に突然空港ができたのは、一九六四年のことである。物質的には豊かになったが、それと引き替えにいっさいが巨大な施設の付け足しのようになり、人工的で、味気ない空間に変わってしまった。おまけに、隠居したあと世界を旅しているのだと自慢げなその老人がこれまでに利用した便は、複数の都市を経由する急ぎ足のパック旅行なのだろう、ロワシーではなく、いつもオルリー発だったという。指呼の間にある空港が利用できない不条理。ひとりの人間が暮らしのなかに抱えているこの種の小さなひずみは、郊外のいたるところに存在している。ロワシーにイタリア人とポーランド人が流入し、仕事をまかされていた史実ですら、手つかずの、未知の世界に属するかのごとき情報として立ち現われてくるのだ。

フランソワ・マスペロは一九三二年に生まれた。本書の原型となる旅を実践した時点では、だから五十代の終わりに近かったはずである。一九五〇年代から八二年まで、彼はみずからの名を掲げて書店を経営し、出版も手がけていた。『パルティザン』『トリコンチネンタル』『ラルテルナティヴ』など、雑誌の編集にも携わっていたほか、スペイン文学の翻訳者としても知られた、なかなか多才な人物である。一九八五年に編集の仕事から離れたあとは、活動の場を主として小説に移しており、第二次大戦時の経験を基盤にした『猫の微笑』、書店経営者だった頃を振り返った『無花果の木』、ふたたび戦時に取材した『イタリア人の時代』など、自伝的な要素をちりばめた数冊の小説を公にしている。発表された年代だけ見れば、写真家アナイクとの旅をつづったこの『ロワシー・エクスプレスの乗客』は、いくつかの虚構の試みを経てから執筆されたことになり、一人称の語りを避けて、主人公を「彼」と呼ぶあたりの叙述の選択にも、マスペロの感受性の根が露顕しているようだ。現実の彼がどういう人間であるかはべつとして、こうした距離の取り方に依拠する文章はけっして不快なものではないし、それは平明な行文からなる彼の小説世界の、ある誠実さの核を保証している。

だが、はたしてマスペロひとりだけで、これほど肩の力を抜いた歩みが可能だったかどうかは疑わしい。同行した写真家のアナイク・フランツという女性が、いかに大きな役割を演じているか、それは添えられた写真からも、マスペロの文章に写し取られた彼女の言動からも読みとることができる。アナイクはかつて、マスペロが出版人であった頃に作品を持ち込んできた女性で、それまでは企業写真などを撮って生計をたて、発表の場に恵まれぬままじぶんだけの世界を撮りつづけていた。写真を見せられたマスペロは、彼女のスタイルに惹かれながら、その魅力をうまく説明できなかった。写真集は扱わないという社の方針を理由に、とりあえず引き取ってもらったのだが、しばらくしてマスペロは、偶然、友人の弁護士事務所でアナイクと再会する。驚いたことに、彼女はそこで秘書をしていたのだ。乞われるまま、マスペロは、先日見せられた写真の感想を素直に述べ、それが相手の信頼を勝ち得たのか、以来、つかず離れずのあいだがらになって、出版の話とは無関係に、時々会うようになる。そこに恋愛感情の入り込む隙があったかどうかは、もちろんわからない。信頼できる出版人と無名の女性写真家をむすびつけているのは、第一に精神的な絆であろうからだ。しかし、古い女ともだちとのせつない別れの直後に思いついたことをまっさきに知らせ、一か月のあいだ行動を共にしたいと男のほうから申し出ているのだし、あまり豪勢ではない宿でダブルの部屋に泊まれるだけの「相互理解」があったことからしても、三人称で記される登場人物の背後に、男女の愛情を探っても不自然ではないだろう。

アナイクは、これまでいつも余白に住む人間、境界に住む人間たちを対象に据えてきた。彼女の過去の作品に関しては、マスペロの評言を信用する以外にないけれども、その写真には、どこか秩序ある世界、壁に囲まれた都会人の心に静かな衝撃を与え、できれば避けて通りたいと感じさせるたぐいの威圧感があったという。そのせいか、写真はまったく売れなかった。こんなふうにまとめると、なんだかダイアン・アーバスのような写真家を想像してしまうのだが、マスペロとの旅の途中で撮影され、彼の文章に添えられた写真は、少なくとも私の視線を平静にもちこたえうるもので、奇をてらった作品は一枚もない。むしろそこには、家族のアルバムから適当に抜き出されてきた、作為のない親密さが定着されていて、あたかも被写体がみな彼女の知己であるかのように見える。初対面の人間から身内の匂いを引き出し、それぞれの写真にあるはずのない共通の思い出を焼き付けてしまう手腕。アナイクのこうした他者とのコミュニケーションにおける融通無碍が、マスペロにとって大きな武器であったことはまちがいない。マグレブ系の労働者、肌の色が異なる青年、運河沿いで釣りをしている隠居老人、郵便配達夫、でたらめな品を並べた金物屋、壁一杯の落書きのまえで楽しそうな顔をしている混血の少年。とりわけ打ち放しのコンクリート長屋に帰って行く、大半が移民二世である子どもたちの写真には、パリではまずお目にかかれない朗らかさと楽天性、金銭的、社会的貧しさをまったく度外視した《勁さ》があふれている。

ただしその力が、否定的な方向へ導かれることもある。移民二世の一部が引き起こす軽犯罪がそれだ。大都市近郊の、主としてマグレブ系の若者たちが陥っている、抜け道のない、鬱々とした日常、しばしば《苦役《ガレール》》などと形容される生活の実態は、大きな社会問題になっている。一九八九年五月二十五日木曜日、マスペロとアナイクがオーベルヴィリエを訪れたときの記録に、興味ぶかい一節がある。ふたりはほとんど名物と化しているRERのストライキにかち合って、列車を動かせと乗客が大騒ぎするなか、車掌からこんな話を聞かされるのだ。先週、三人の車掌がマグレブ系の若い暴徒に襲われた。切符を持っていないマグレブ人、あるいは黒人を捕まえると、それだけでもう人種差別だと非難される。上の人間は、与太者を見つけたら車両を移して避けろと命じるだけで、手のほどこしようがないと。じっさいRERの北半分では軽犯罪が頻発し、パリ市内では困難になってきた麻薬取り引きも、郊外にその拠点を移しているらしい。アナイクの写真が一見おだやかに捉えていた、周囲を沈黙させる要素とは、確実に皮膚で感じ取れるこうした不穏な空気だったのだろう。

町を包み込んでいる空気、若者たちの表情、建物の外観には、おのずと滲みでてくる現在と過去があって、これはどうにも隠しようがない。歴史の爪あとをうまく処理できずに、今日にいたるまで過去と媒介なしに結ばれている土地も少なくないのだ。たとえばドランシーのシテ・ドゥ・ラ・ミュエット。オーベルヴィリエを訪れた同日の正午、ふたりはこの街にやってくる。一九八〇年代末のドランシーが体現している、殺伐というよりなにか生活の残滓しか感じられない建物が、ほとんどじかに重苦しい歴史と接している光景を、マスペロはかなりの紙幅を割いてたどっている。この頁を読むまでドランシーについて私が持っていた知識は、恥ずかしいことに、かつてそこに強制収容所があり、詩人のマックス・ジャコブが死んだという、文学史的事実だけだった。もっとも私はジャコブの良き読者ではない。『骰子筒』や『中央実験室』を以前手にしたことがある程度で肌にあわず、そのまま書棚の隅に放ってある。ブルターニュのユダヤ人家庭に生まれ、今世紀初頭の前衛芸術家と交わったこの詩人は、一九一四年にカトリックに改宗し、一九二一年からサン・ブノワ・シュル・ロワールの僧院に隠遁していたが、一九四四年二月、六十八歳のとき逮捕されてドランシーへ送られ、三月、気管支肺炎で亡くなった。反抗的なそぶりも見せず、静かな生活を送っていた老人を、なぜこんな目にあわせるのか。ジャコブは逮捕されたときそう呟いたという。作品をわきに置いて作者の悲劇的な死のみを掲げる安易さはじゅうぶん承知しているし、彼の死はこの施設を通過していった何万人かのユダヤ人の死のひとつにすぎないのだが、ドランシーと聞いてジャコブをすぐに連想してしまうのは、たぶんドランシーをさまよい歩いた経験が私にないからだろう。足と目がこの街を覚えていれば、連想はそのときの体感を、否応なく呼び覚ますはずだからである。

シテ・ドゥ・ラ・ミュエットは、一九三五年に造成された郊外団地で、両大戦間にアンリ・セリエの指導下で推進された住宅計画のうち最大級の規模を誇るもののひとつであり、郊外人の希望をのせた、輝かしいコンクリートの街だった。それが第二次大戦中、ナチスドイツによってユダヤ人収容所に転用され、一挙に死の街として生まれ変わる。「いくつかの四階建ての、灰色の建物、というよりむしろ、三本の棒状の棟からなるひとつの建物。二百メートルの棒が二本、四十メートルの棒が一本、直角に、広い辻公園が占拠する土地を囲んでU字型に配置され、南側にある四つ目の面は、口を開けたままになっている」。ただ貧しいというのではなく、なにかが決定的に欠落し、希薄になっている空間。老朽化するより先に、建物の構造、外観じたいがすでに息苦しいのだ。頼りなげな鉄筋の支柱に区切られた兎小屋のようなコンクリートのユニット。U字の内側にはひとの気配がなく、子ども向けに造られたささやかな公園も朽ち果てたままだ。これが歴史的建造物であることを示す記念板には、次のように刻まれている。

《一九四一年から一九四四年まで、強制収容所として使われたこの場所に、ユダヤ教徒あるいはユダヤ人の血をひく老若男女十万人が征服者ヒトラーの手で収容され、ついでナチスの収容所に移された。ほとんどの人間が、そこで死んだ。》

収容所の最終的な統括者はむろんナチスの指導者である。だが実質的には、ペタン政権下のフランス人が、パリからわずか十二キロの距離にある施設を管理していたのだ。この歴史はいまも執拗に掘り返されているし、また永遠に掘り返されるだろう。ある調査によれば、七万三千八百五十三人がドランシーを経由してアウシュヴィッツなどに送られ、生還者はわずかに二千百九十人だった。七百人の生活を保証するものとして建造された空間に、最大で七千人が詰め込まれ、毒ガスで命を絶たれる前に、病気や衰弱で死んでいった者も多い。マックス・ジャコブは、そのうちのひとりにすぎない。とはいえ、戦後もなおラ・ミュエットが特殊な目的のために使用された運命の皮肉と必然を思うと、私は口がきけなくなる。おびただしい数のユダヤ人を抱え込んでいた建物へつぎに運ばれてきたのは、ナチの協力者、コラボたちだったのだ。まったく立場を異にする人間をひとつの建物が呑み込み、それがいまでも四百人近い郊外人を「収容」している。悲劇から約半世紀後の初夏の正午近く、ラ・ミュエットの低家賃住宅には物音ひとつなく、のっぺりした大気がうごめいていた。

それにしても《シテ・ドゥ・ラ・ミュエット》とは、なんと皮肉な命名だろうか。声や音の奪われた状態を表す形容詞《ミュエ》が容易に聞き取れるのみか、《ミュエット》とは、文字通り「狩猟小屋」を意味する単語なのである。死と隣り合わせになった人々の肉声を剝奪し、パリ地方のユダヤ人を狩りだしてここに集めた歴史が、平然とその名にとどめられているのだ。こんな挿話のつぎに暮らし向きの比較的豊かなフランス人が住む南郊の話を聞かされて、いまひとつぴんと来なかったとしても、それは当然ではないだろうか。にもかかわらず、途中いく度か触れられる天安門事件の経過が、パリ北郊に逼塞している移民たちの潜在能力や、その後の欧州地勢図の激変の予感と重複し、後戻りのきかない現在の郊外の動きが、旧フランス植民地のみならず遠い中国にまで及んでいるかのような印象をもたらしており、その意味で、マスペロの記述は、RERのB線を越えた視野の広さを備えているといえるかもしれない。

終点のサン・レミィにたどり着いたのは、六月十日、ほぼ一か月の道程である。明らかなのは、これがひと組みの男女にとって、歩行の一瞬一瞬を契機に自身の来歴を見つめる作業だったという点だ。郊外にはなにもない。それはたしかにそのとおりかもしれない。だが、なにもないという感触がどこから来るものなのか、なぜ不良少年たちがたむろするすさんだ街が生まれてしまったのかを、たとえば社会学の大義名分をもって複数の専門家を動員し、大がかりなアンケートを完成させるのではなく、まずじぶんの足と目を生の空間で駆使してみることが重要なのである。郊外の町の受け身の変転を見据えることがそのまま自身の現在と過去を見つめる姿勢に通じ、どこにでもありそうな生活と、その裏面に張りついた忌まわしい過去が、巧みな比喩や安手の感傷に置き換えられず整理されない実感として心の底に放置されているところに、本書の類例のない迫力がある。

おなじように郊外をぶらついていながら、私はなんといい加減で、なんとお粗末な物語をつむいでいることか。一読、すっかり打ちひしがれて、歩くとは、考えるとはまさにこういうことなのだと反省したはずなのに、乗合バスのリズムに慣れすぎているせいか首都圏高速交通網の速度についていけず、じぶんに都合のいい考えをこねくりまわしているだけだ。せっかく買い求めたロワシー・エクスプレスの真の乗車券を、私はいまだ使いこなせずにいる。

灰色の血

一九一六年四月二十日の日記に、カフカは小さな未完の物語を書き記している。崩れかけた石の壁が河岸沿いにつづく、城砦を思わせる巨大な倉庫のわきで、ハンスとアマリアがビー玉遊びをしていると、頑丈な鉄格子に護られた窓の硝子が突然破られ、なかからひとりの男が顔をのぞかせる。きみたちは倉庫を見たことがあるかね。彼らは首をふる。だったらおいで、中を見せてあげよう。乗り気になったアマリアとは対照的に、ハンスのほうは不安を隠せない。本当に入っていいのだろうか、もしそうなら、なぜ父親はこれまで許してくれなかったのだろうか。男が示した地面すれすれの、穴のような入口からは、湿り気のある冷たい空気が流れ出ている。ハンスはなかに入りたくない理由をうまく説明できず、苦しまぎれに、男の息づかいが変だとアマリアに訴える。なるほど男は、喋らないときにも奇妙な音を喉もとから漏らしていた。男はそれに答えて、ここの空気を長いこと吸っているからおかしくなったんだよと言い、でも短いあいだなら心配はいらない、この倉庫はすばらしいよ、と誘いを繰り返す。ふたりが迷っていると、男はだしぬけに上半身を狭い入口から突き出し、その気になっているアマリアではなく、渋るハンスの手をぐいとつかんで中へ引きずり込んだ。逃げられそうにないと悟ったハンスは、父親の助けを呼んでくれとアマリアに叫ぶ。だが彼女は、いくらか罪の意識に捕らわれながらも好奇心を捨てきれず、その場を去らないでハンスの足にしがみつく。

物語はここで中断されている。しかし読者は、アマリアと同様、ハンスの足にしがみつくような恰好で、それほどの言葉が費やされているわけでもないのに不思議な実在感をたたえたこの倉庫の壁に吸い寄せられてしまう。見知らぬ男が色のない無機質な建物から唐突に現われるあたりはいかにもカフカらしい展開で、完成された作品に劣らぬ勢いがある。私が参照したのはマルト・ロベールによる仏訳の文庫版だが、はじめてこの挿話に触れたとき、四頁に満たない素描であるにもかかわらず、なにか寒々とした読後感が、断ち切られた夢のようにいつまでも尾を引いたものだった。男の突発的な暴力が子ども相手にくりだされていることも、強い印象をもたらした原因だったのだろう。

ところで、頭の片隅にずっと居すわっていたこの物語の断片と、私は意外な場所で再会することになった。一九九一年、パリ北郊ラ・クルヌーヴ市にあるジャック・ブレル高校の有志を対象に、フランソワ・ボンが三か月間、週一度の割でひらいた文章教室の成果、『灰色の血』

に目を通していたら、不意に、まぎれもないあのカフカの『日記』の《続篇》が現われたのである。

『工場の出口』『ビュゾンの犯罪』『三面記事』など、ミニュイ社から刊行された癖のある作品によって少数の固定読者を確保しているものの、お世辞にも著名な作家とはいえないフランソワ・ボンが講師に選ばれたのは、この学校でフランス語を教えている作家アンヌ・ポルチュガルの求めによるものだった。彼の作品が郊外の臭いを漂わせていることも、眼鏡にかなった理由だろう。試みとして注目すべきは、小論文《ディセルタシオン》のような論理的言説の習得ではなく、自由な発想にもとづく固有の声を響かせるためのこうした鍛練の場が、さまざまな問題を抱えたパリ郊外の学校に設けられたという点である。「ラ・クルヌーヴの都市計画における惨状は、ブールジェやデュニー、もしくはスタンなどと大同小異で、建物の廃屋化、崩れかけた工業用開発地域、あるいは新たな高速道路の貫通工事によってさらに悪化の一途をたどっているのだが、おそらくわれわれにとってこの惨状は、ほかよりいくらか深刻なだけで、ありふれた社会問題のひとつなのだ。土曜の夜に、スーパーマーケットの駐車場で投石や銃撃が行なわれなければ、テレビもこの問題に首をつっこんだりしない」とフランソワ・ボン自身が解説しているとおり、ラ・クルヌーヴは大文字の郊外を代表する地域のひとつに数えられている。

地図を見れば一目瞭然だ。ラ・クルヌーヴ市は、北半分を占める広大な県立公園と、南半分を占めるこれも相当な広さのラトーやアエロスパシアルの工場とに二分され、東西にＡ１号線と建設中のＡ８６号線が走り、ぜんたいの割合としてはほんのわずかなものでしかない市街地は、六本の幹線が交わる西側の《六本道《レ・シス・ルート》》と、四本の幹線が交わる東側の《四本道《レ・キャトル・ルート》》という、味もそっけもない名前がつけられたふたつの交差点を中心に形成されている。そして、北と南にはそれぞれ《四〇〇〇《レ・キャトル・ミル》》と呼ばれる巨大な郊外型低家賃住宅がそびえ立っている。ジャック・ブレル高校に通っている生徒の大半はこの団地の住人であり、「都市計画における惨状」のなかで生まれ育った。そうでなければ、アンティル諸島や北アフリカから移民労働者の親とともにやって来た異国籍の子どもたちであり、現役作家の文章指導を受けた三十二人は、出身地や肌の色のちがいはあっても、みなコンクリート住宅で暮らしている十七歳の高校生なのである。住んでいる場所のほかにもうひとつ、彼らにはラ・クルヌーヴを憎み、そこに閉じ込められているじぶんたちの日々を呪うという共通点があった。この基本的な心象が、文章教室のなかで大きな意味を持ってくる。

フランソワ・ボンの教室は、「開かれた」ものだった。常連もそうでない者もおなじように受け入れられ、他の授業の補習に捕まって欠席しても文句は言われなかった。書かれた文章についての議論は避け、朱は技術面だけにかぎられた。文章から伝わってくる個々の声の質を見きわめ、それを伸ばしてやることに力が注がれたのである。こんなふうにまとめてしまうと、なにか理想が先に走りがちな、よくある嫌味な教育システムのたぐいを紹介しているようで気が滅入るのだが、かならずしも学力の高くない生徒たちを相手に書くことを教えるのは容易な作業ではないし、折角もたらされた成果をわざわざ「灰色」と形容しなければならないほどの現実を前にした努力は、ひとまず評価されるべきだろう。参加者には発想の手掛かりとして、何人かの作家の文章が配付された。ある意味で、これらのテキストの選択にこそフランソワ・ボンの理想がこめられていたと言ってよく、じじつそのうち何篇かは彼らの内面に閉ざされていた核を刺激し、自己表現へのまたとない契機となった。

なかでもジョルジュ・ペレックの『ぼくは覚えている』は、それまでなにをどう書いていいものかわからず途方に暮れていた彼らに、形式、内容の両面で、絶大な影響を及ぼした。冒頭から巻末まで、おなじ書き出しの文章が箴言のようにならべられたこの著名な作品は、母親と親戚三人をアウシュヴィッツで亡くしたペレックの、封印されていた思い出を、あってはならない思い出を、あるはずのない思い出までをもときに生々しく現前させる、表向きの軽さと裏腹な、とんでもなく重い本なのだが、もちろん彼らがペレックの諸作に親しんでいるわけでもないだろうし、ましてその作者の伝記的な事実を知っていたわけでもないだろう。彼らはただ、そういう書き方で記憶をたどればなにかが見つかり、そのなにかを言葉にできそうだとの啓示を得たにすぎない。「郊外は忘却の場、忘れられた場所だ」と、じぶんの口から言わざるをえない、ニュアンスを欠いた起伏のない日々を忘却から救う手だてがそこに示唆されたのである。故国を去ってフランスに来た者たちは、ペレックに学んでこう書いた。「黒い森をほとんど裸で駆け抜けたことをぼくは覚えている」、「穴のあいた青いサンダルをわたしは覚えている」、「すでに母のお腹にあったあの太陽をぼくは覚えている、生まれつきぼくの肌は焼けているのだ」。思い出を汲みだす場が失われた故郷である点に、彼らの不幸が見え隠れしている。そしてまた、ペレックとならんで自己表現欲を煽る引き金となったのは、セリーヌのこんな文章だった。

哀れなパリ郊外、みなが靴底をぬぐい、唾をはき、通りすぎていくだけの、都市の前に置かれた靴ぬぐい、いったい誰がこの哀れな郊外を思ってくれるのか。誰もいやしない。工場で頭をにぶらされ、肥料をつめこまれ、ずたずたに引き裂かれた郊外は、もはや魂の抜けた土地、呪われた強制収容所でしかなく、そこでは微笑みも用なしで、苦労は報われず、ただあじけない苦しみが残るだけだ……いつまでも疲れ果てたカルヴァリオの丘、そんなものを誰が気にかけてくれるのか。もちろん、誰もいやしない。粗野な郊外、ただそれだけの話なのだ……いつも漠然と不穏な考えを温めている喧嘩腰の郊外、しかしそんな計画を推し進め、やりおおす者などひとりもいやしない、死ぬほど病んでいるくせに、死ぬことだけはないのが郊外だ。

ペレックの肉親を死に追いやった狂気にたいして、いかなる思考経路をたどったにせよ支持を表明した激越なパンフレットの作者の文章が、おなじ高校生を魅了するというのも不思議な光景である。傍目にはどう映ろうと、たぶんいまもセリーヌの一節に時代を超えて寸分たがわず当てはまる状況を、彼らは生きているのだ。少女たちは言う。「唾、犬の糞、小便、暗くて、醜い、これがラ・クルヌーヴ」、「わたしは交差点の真ん中にいるような気がする、郊外の交差点、《六本道》の交差点、この界隈に生活らしきものをあたえるために、偽の植物を植えなければならない交差点に」、「わたしが住んでいる建物は赤い、四階建てだ。窓からはことまったくおなじ建物が見える、階の数も窓の数もおなじ建物が」、「わたしは銀河のなかの小さな星、決して輝くことのない星」、「楽しげな老人たちが好きだ、じぶんが悲しい若者だから」。彼女たちを抑圧しているのは、「泣いている子どものような、現実」であり、夢も希望もなく、老人を羨むほどに意気の低下した、およそ絶望的な世界なのだ。行きづまりだの惨状だのといった表現ではまだ弱い。彼らの否定の姿勢はさらに強固で、根が深い。

もっともそうした嘆息には、子どもと大人の端境期にある十七歳という年齢ゆえの潤色が当然のことほどこされている。セリーヌの呪詛を苦もなく正当化しうる根拠は、この特権的な年齢にあるのだ。「だれだって十七歳の時はマジじゃない、だがそれにしてもだ」という刺激的な警句を折り込むマニフェストを書いた男子生徒は言う。十七歳といってもそれぞれに生活がある、時間の流れがちがう、退屈な十七年もあればそうでない十七年もある。パリの十七年とラ・クルヌーヴの十七年じゃ、長さがまるでちがうんだ。郊外から出るのは難しいことじゃないってきみは言うのかい？　青白赤で塗られたＲＥＲに乗れば、たった七分でパリに着くって？　けれどパリにむかって走るこの青と、白と、赤に貫かれた灰色の郊外は、ぼくを離れはしないんだ。

ＲＥＲでものの十分とかからぬうちにパリまで出られる玄関マット、ラ・クルヌーヴ。文字通り、いや数字通り四千世帯をストックする、呪われたこの巨大な郊外団地には、いったいどんな歴史が隠されているのか。ドゥルヴリエの地域開発計画によって一九六〇年に造成されて以来、この街はパリ市のＨＬＭ局が飛び領土のようにして管理し、社会福祉の対象となる者や移民など、要するにパリ市にとってはあまり好ましくない連中をぶちこむ掃き溜めとして機能してきた。《パリのゴミ箱》といわれる所以である。市街地からも隔離されたこの高層住宅は、八〇年代に入って老朽化が進み、住環境の悪化にともなう若者の非行も問題視されはじめた。こうした背景を踏まえて、ラ・クルヌーヴ市当局は、《四〇〇〇》と街の中心部をもっと有機的に結びつけ、より人間的な居住空間を作ろうと決議し、この地区の直接管理権をパリ市から獲得したうえで具体的な街づくりのための調査に乗り出した。その結果、痛みの激しい十五階建ての棟をいくつか破壊撤去し、鉄道ともうまく連絡した新棟の建設案が採択された。建て替えのために追い出される世帯は、市内に用意した住宅をあてがって再入居まで住まわせ、症状の軽い棟はいずれ改築をめざすとの方向で意見がまとまり、市の方針を説得力のあるプランとして提示すべくコンペも開かれた。計画の青写真が完成したのは、一九八二年のことである。ところが、準備が整った段階で政府は新築計画に難色を示し、住民を残らせたまま内部をいじるため不都合が多く、費用も倍以上かかる改築案に固執したのである。かくて解決策が見い出せぬまま、計画はひとまず棚上げされることになった。

そのあいだにも、環境は悪化の一途をたどった。エレベーターは動かず、階段の吹き抜けは尿の臭いに満ち、郵便箱は壊され、まともな憩いの場すらない状態で、勉強についていけない少年たちは非行に走った。不安と不満だけが着実に増大していくなか、一九八三年七月九日、革命記念日を数日後にひかえた蒸し暑い夜、一触即発のこの掃き溜めで、痛ましい事件が起きる。九歳になる移民の子ども、トゥフィク・ウアネスが殺されたのだ。少年は記念日をまえに業者が売り出した爆竹を手に入れて、夜遅くまで遊んでいたらしい。郊外人の朝は早い。夜はできるだけゆっくりと休みたい。安眠を妨げる爆竹の音にたいするいらだちが、悲劇を呼んだ。

少年が遊んでいた場所の真向かいの建物から、空気銃で鉛の弾が撃ち込まれたのである。弾丸は爆竹に火をつけようとうずくまっていた少年の背中をぬけ、心臓に達していた。しばらくして逮捕された犯人は、妻子ある五十歳のフランス人で、この事件は同年フランス全土で起きたマグレブ系の二世、とくにアルジェリア人を中心としたいわゆる「ブール」世代を犠牲者とするさまざまな出来事のうちでも、とりわけ衝撃的なものとなった。フランスからはアラブと見做され、アラブからは余所者と見做される、二重の排斥に苦しむ移民の子どもたちが、「自由、平等、友愛」というまさにフランス的な要求をつきつけてマルセイユからパリまで行進したのは、この年の暮れのことである。

それにしても、トゥフィク少年殺害の経緯と雰囲気は、カフカの『日記』になんと似ていることだろう。事件から八年後、フランソワ・ボンの教室に参加した生徒のひとりは、断ち切られた『日記』の頁を補って続篇を書いているのだが、驚くべきことに、そこでは倉庫の壁から身を乗り出してハンスを引きずりこんだあの男が、誘拐犯に仕立てられていた。しかも物語の視点は犯人の側に移行され、なぜこの男がハンスたちを誘拐しなければならなかったのか、その理由がつづられていたのである。男はハンスを殴り倒して気絶させ、アマリアともども長い廊下を引きずって倉庫のなかへ連れていく。そこには、彼らをあわせて六人の子どもたちがさらわれていた。

おれはお前たちを売るんだ、この街でいちばん整った顔だちの子どもを、しかもいちばん金持ちの子どもたちを選んだんだ、と男は告げる。息子が死んだのはお前たちのせいだ、女房が息子を産んだとき、金がなくて医者を呼べなかった、一晩苦しんで女房は死んじまった、幸い無事だった息子をおれは精いっぱい育てた、ところが五歳のときひどい病気になった、おれはこの村の、この地方のあらゆる人々に助けを求めた、けれどなにもしてくれなかった、息子はどんどん弱っていくのになにもしてやれなかった、みんな知らん顔してたんだ、それでも医者を呼べるくらいの金を集めよう、寛大な人間もいるだろうと思っておれは頑張った、しかしだめだった、誰も助けてくれなかった、そして息子は死んだ、だから復讐しようと考えたんだ、おなじつらさを、ほかの親に思い知らせてやるんだ。

剝げかけた石の壁が続いている巨大な倉庫は、明らかに《四〇〇〇》の比喩である。コンクリートに幽閉され、家族を、仕事を奪われ、だれからも救いの手を差しのべてもらえない郊外人の苦悩とやりきれなさが、ハンスとアマリアを誘拐した男に投影されているのだ。カフカの『日記』が、こんなふうに現代の郊外を象徴する話へと、しかもはっきりと書き手の肉声が聞き取れる形で転化されているのを読んで、私は少なからず動揺した。あの頁を繰ったとき感じた肌寒さと、トゥフィク少年の死と、ラ・クルヌーヴの日常とが、頭のなかで一挙にむすびついて溶解し、私はそれをどう言葉にしていいのかわからず、しばらく呆然としてしまったのだ。

予想外の続篇にこめられた暴力の萌芽が、文章とはべつの仕方で表にでていく例として、たとえばデパートや商店街のショーウインドーを割って展示品を盗み去る《壊し屋》の暴力が思い浮かぶ。間欠的に世間を騒がせるこの連中の行動の底に横たわっているのは、死にかけた子どもを見殺しにするような社会にたいする憤りであり、出口の見えない日々の凡庸さにたいする怒りなのだ。そんな辛気くさい解釈でさえ、カフカを媒介すると、素直に受け入れられるのだった。

だが《壊し屋》はなにも高校生だけの特権ではない。不利な証拠を隠滅するためにも破壊は用いられる。不吉な記憶を宿した建物を始末しようと暗躍する政治家たちも、じつは立派な《壊し屋》なのである。一九八二年から宙に浮いていたラ・クルヌーヴ市の改革案は、一九八六年になってようやく政府に認められ、四一七戸をかかえた棟、通称《ドビュッシー》の取り壊しが決定された。あれほど揉めていたにもかかわらず、撤去作業は関係者各位の合意によって平和裡に遂行された。事業の責任者をはじめ、市長、建設大臣らのお歴々と、おびただしい数の野次馬が見守るなか、要所に仕掛けられた大量のダイナマイトによって、懸案の建物はわずか三十秒足らずで内爆されてしまったのだ。しかも倒壊の場面は一大スペクタクルとして全国にテレビ中継されたという。新凱旋門やルーヴルのピラミッド建設計画を矢継ぎばやに打ちだし、「大統領の工事現場」を世界に見せつけたミッテランの初期の仕事に、非人間的だとされる忌まわしいコンクリート住宅の撤去が含まれていたとは皮肉なものである。老朽化した建物を片づけることと、真の人間性を取り戻すことにどんなつながりがあるのか、私にはよくわからない。爆音とともに舞いあがった土煙のなかで、《ドビュッシー》がその名にふさわしく《沈める寺》のように崩れ落ちたあと、《四〇〇〇》は本当に生まれ変わったといえるのだろうか。

この問いへの肯定的な回答をためらわせる証言こそ、ラ・クルヌーヴの高校生たちが残した『灰色の血』なのだと、とりあえず述べておこう。文章教室を指導してフランソワ・ボンが得た結論は、その意味でまことに辛辣だ。郊外の高校生たちはラップの音楽に染まっているわけでも、テレビ漬けにされているわけでもない。「郊外で恐怖を生み出しているのは、郊外が世界に割り当て、世界がその責任を負っている運命なのである」。できることならそんな息のつまる運命について考えずにすませたい。この町から早く逃れて、どこかべつの土地で暮らしたい。それこそが本書を流れている基調音であり、脆弱さなのだ。国民的事業となったラ・クルヌーヴの内爆は、政治家と投機家の思惑に翻弄された善意の喜劇である。建物が消滅したあとも、十七歳の高校生たちの不毛な日々は以前と変わらず平坦に流れつづけているからだ。現実は彼らの証言をはるかに越えて、深く、重く、もはや解決がつかないほど進行している。

しかしながら、肌の色も出自もアクセントも異なる彼らの日々を、コンクリートの箱庭に押し込んできたラ・クルヌーヴにたいする認識が、どちらかといえば取りつきやすいスポーツや演劇に頼らず、書くことによって養われ、灰色の町との距離を再確認することで一種のセラピーに似た成果をあげているのも事実だろう。こころを閉ざすも開くも自由。怒りを他者にぶつけるのも自由。要は閉ざしたり開いたりする手段を、彼らが書くという行為を通して模索しはじめたことなのである。由緒ある都会の高校生でも、自然に囲まれた田舎の高校生でもなく、かぎりなく中途半端な生粋のパリ郊外人である彼らにしか感じとれない現実こそ、いまやより力強く、より斬新なことばで伝えられる時を待っているのだ。コンクリートのなかで自己を見つめる彼らが、これまで存在しなかったような瑞々しい《詩》を創出するとき、郊外への憎しみは、たぶん愛に近い感情へと変容していくにちがいない。

給水塔へ

　パリの郊外を歩いていると、高速道路の高架付近や大型スーパーの背後に、日本で言うなら六畳と四畳半に小さな水回りの空間がついた平屋の町営住宅を思わせるこぢんまりした趣の、しかしもちろん石なり煉瓦なりで造られた一戸建てや、四角い箱を無造作に積み重ねただけの、いかにも安定感を欠いた二階建てが埋もれるようにたっているのをよく見かけるのだが、そんなむかしながらの家々の裏手はたいていの場合ちょっとした菜園になっていて、葡萄らしき蔓棚や立派なさくらんぼの木が見え隠れし、申しわけ程度にそなわった芝生のわきには粗末な物置小屋まできちんと添えられ、ひなびた独特の雰囲気を醸しだしている。あとほんの数十メートル敷地がずれていたら、道路か鉄道にのまれてすっかり姿を消していたはずの場所に居座っている愛らしい家々を目にすると、子ども時分に何度も繰り返し読んだ、ヴァージニア・リー・バートンの『ちいさいおうち』を思い出して、私はいつも少しだけ感傷的になったものだ。

静かな丘の上に建てられた小さな家が、伝え聞く華やかな「町」に憧れている。時が移り、家の周囲の開発が進んで、両隣には高層ビルが聳え、目の前を鉄道の高架が走り、かつて想像のうちにしかなかった「町」が出来あがる。取り残された家はさびれ果て、しまいには住む人もなくなってしまう。「いしいももこ」訳で読んだあの絵本に出てくる洋館——そう、まだ洋館ということばに多少の輝きと価値があった時代だ——は、屋根の中央に煙突が突き出た赤い煉瓦の平屋で、正面玄関をはさんで開いているふたつのつつましい窓が目のように見えるせいか、都市にすりかわった郊外とうまく折り合いがつかずに困惑していく過程が、じつに雄弁に描かれていた。目的もなくぶらぶら歩いている最中、喜怒哀楽をそのまま表に出すあの「ちいさいおうち」の親戚を、私はいったいどのくらいの数見いだしたことだろう。もっともそのたびに涙を流すほどの繊細さは持ち合わせていないので、開発の波に乗り遅れてしまったそれら郊外の家々を、新鮮な驚きをともないながら、むしろごく自然な、時にはなつかしさすら感じさせる光景として享受していったように思う。

場ちがいなものが自然にすりかえられたという経緯を、意識の端に残したまま賞翫する光景。それはたとえば、丸の内線赤坂見附で下車して紀尾井町方面へむかうとき抜ける首都高の下の、澱んだ堀をまたぐ橋のたもとに、半分冗談みたいに出現する古ぼけたボート乗り場を引き寄せる光景と言ったらいいのだろうか、安堵と昂揚がいっしょに訪れるあの眺めは、私にとって、その先になにかがあるのではと期待を抱かせる散歩者の夢想の、いわば水先案内人なのだ。思いがけない区画に取り残された一戸建ての出現もそれと似たようなもので、コンクリートの塊がならぶ空間から道なりにほんの二〇分も歩けば、まだ牛でも飼っていそうな鄙びた区域が忽然と姿を現わす、郊外発見のとば口なのである。崩れかけた工場跡や丘の中腹を走る高圧線の鉄塔の下に、不意に出没するそうしたパリ郊外の小さな家は、仕事の都合と経済的な事情が許せば住んでみたいと思わせる魅力的なたたずまいを、いまだに保っているのだった。北と南とを問わず、意味もなくパリの周辺をぶらついていたときいちばん悩まされたのは、バートンの絵本の影響があったかどうかはべつとして、そこで暮らしてみたいという気にさせる表情をこちらに晒した小さな家と、かなりの頻度で出くわすことだった。ひとつの人格をそなえた石造りの家。これがパリ郊外の一面を形作る重要なモチーフなのである。

しかしそんな小さな石の家に惹きつけられるのは、なにも浮草の身をやつした異邦人だけではないらしい。「成年に達するまでをセーヴルで、それから反対側の、東の方で」暮らしてきた『ヌイイー＝プレザンスの世界の果て／パリ郊外の旅』の著者、ミシェル・ヴォルコヴィッチも、どうやら日曜大工で根気よくつくりあげられた風情の、簡素な郊外型家屋に魅了された人間のようだ。この薄手の散文集は、ヴォルコヴィッチの文章とミシェル・ラムルーのモノクロ写真とで構成された気負いのないエッセイだが、フランソワ・マスペロなどのアプローチとはまたひと味ちがう歩行によって紡ぎだされた世界で、血縁からすればたぶんジャック・レダの方に近い。人間の直截なドラマではなく、湿った石塀や草いきれのする丘、泥濘のつづく小道にひそむ人間の息づかいを捜し求めるささやかな旅。ヴォルコヴィッチにとって、郊外は「中断の王国」であり、「ふぞろいで、素人くさい仕事の、うまく結ばれていない物の王国」である。ひと足歩くごとに空間が伸び縮みし、閉じたり開いたり、どんな通りにも、それぞれに新しい驚きが待ち構えている。おびただしい数の「小ささ」が集まっていながら、奇妙に開かれてもいる広大な空間、「零と無限」が共存する意外性に満ちた空間、それが彼にとっての郊外なのだ。パリから一時間も電車に乗る必要はない。ごく近傍の、無味乾燥なコンクリート住宅や高速道路のびっくりするほど近くに、なんとも言えない片田舎が厳然と残っている。

散策にふさわしく、反復と冗長を気にしない短文で綴られたこの本を開いた途端、いつか歩いたことのある光景が、いつか歩いてみたかった光景が目の前をさあっと流れて、しばらくのあいだ私は幸福な夢想に身を沈めることができた。読み手に背伸びを強要しない著者のしなやかな感性と曇りない脳髄が、いたるところに感じられたのである。この爽やかさは、たぶんヴォルコヴィッチの散策の哲学が、朝はやい時間に発動するという一点に由来している。しかも本当の意味での郊外との出会いは、土曜日の朝、三時間ほどしかないと彼は主張するのだ。土曜日の朝という限定は、郊外とじぶんとの一対一の接触を実現させるために、人通りのほとんどない、というよりまだ人の姿など見えない時間帯を選ぶほかないからで、この時、郊外のありふれた通りは、単なる散歩の舞台であることをやめ、ひとりの女性のように、ゆっくりと息づきはじめる。

そのとき、一戸建ての家々は、まるで眠っている女性か、あるいはもっとすばらしいことに、眠ったふりをして、目を閉じたまま視線の愛撫をあじわっている女性になる。これから開こうとする花みたいに、彼女たちの準備が整っていくのが感じられる。そのうちのひとりが、瞼をあげて、ようやくこちらに合図を送ってくれるのを期待しつつ……。

ナイキを履いた朝の散歩者ヴォルコヴィッチが、ひときわ優しい視線を投げる郊外の家。条件しだいで、いつ取り壊されてコンクリートに生まれ変わるのかわからないそれらの寿命のはかなさが、逆に散歩者の愛と夢想の度を高めていく。音のない朝、ときには薄い霧のなかから、家々がゆっくりと立ち現われる瞬間こそ貴重なのであり、家じたいの美醜は問題にされない。いや、郊外にあっては、都市計画における美醜の明確な区別はあまり有効に働かないのだ。郊外の美の悦楽は、慎重に、あたかも「煎じたように」消化され、散歩者自身が長い時間をかけて見出すものなのである。

美と出るか醜と出るかはひとまず措いて、家を支える材料として最も重要なのは、石である。煉瓦でも漆喰でもない石、それも硝子や耐火煉瓦に用いられる珪石。母親や釣り人くらいしか人間が登場しないこの随想のなかで、珪石に取りつかれたひとりの男と少年時の思い出が重ねられている頁は、淡い掌篇の域に達していて忘れがたい。ロベール・マラシというのが、その男の名前である。ヴォルコヴィッチの両親の友人で、測量技師のような仕事についていたマラシは、当時『一八六〇年から一九六〇年までの、パリ地方における個人住宅』と題する博士論文を準備していた。少年をつかまえては珪石の偉大さを熱っぽく説き、家の写真を見せると、作られた年代や場所、うまくすれば請負業者の名前まで、瞬時に記憶のなかから取り出してみせた。

いいかね、珪石というのは、単なる石以上のものなんだ、象徴なんだよ！　「珪石」という言葉を口にしてごらん、すると郊外のすべてが現われてくる……たとえ一戸建ての多くが、煉瓦や、なんだかわからないみすぼらしいだけの荒塗りで出来ているとしてもだ……そうとも、珪石よりうまい材料はないいんだ！　珪石こそ人間のサイズに見合ったこれらの家にとって、理想的な素材なんだよ。どうしてだか、わかるかね？　まず安い。硬く、丈夫で、おまけに軽い。珪石というのは多孔質で、呼吸をするんだ！　生きた石なのさ、少なくともね！

煉瓦ならペンキを塗ることができる。だが珪石にはぜったい塗らない。そんなことをしたら、息を詰まらせてしまう！　若い娘の肌に白粉を塗りたくるようなものだからね！

なにも知らない少年相手に蘊蓄を傾けたロベール・マラシは、若くして糖尿病で倒れ、博士論文は未完に終わった。長ずるに及んでいつの間にかこの奇人とおなじ情熱に取りつかれるようになっていたヴォルコヴィッチが、時々その未完の論文を思い浮かべてみるのは、ロベール・マラシこそ、将来の散歩者にふさわしい視線をはぐくむ無意識の導き手となっていたからだろう。私はこの小さな挿話を読んで、いつだったかバニューあたりを散歩しているうち驟雨にあい、しかたなく立ち寄った薄暗いカフェで、聞くともなしに聞いた地元の客の話を突然思い出した。若いころ南仏の採石場で働いていたという精悍な男が、窓の外の雨を見ながら、主人にこんな話をしていたのだ。森や畑に雨が降ると、草や木や土の匂いがすっと立ちのぼってくるだろう？　匂いの伝わる速度は似ているけれどな、やっぱり微妙にちがうんだよ、石の匂いは。もう粉になっちまったやつや、これから切り出されるやつ、運ばれる準備の整ったやつ、おなじ石でも仕事の段階でみんな匂いがちがうのさ。晴れてる日は埃っぽいだけでわからない。それが、雨になると匂う。個性のある石の匂いが、湿って重く流れてくるんだ。俺は休みの日でも、雨が降るとこの匂いを嗅ぐために、ときどき仕事場へ出掛けてったもんさ。

パリの敷石が雨に濡れたときに足もとからふわっと漂ってくるのは、雨の匂いであって石の匂いではない。前世紀のフランスに、「石の夢」を言葉に託した詩人がいたけれども、雨に濡れた採石場の匂いを自慢げに語っていた男の言葉は、案外そんな夢の近くにあったかもしれず、私はロベール・マラシと名乗る市井の学者の思い出に触れて、カフェの男が吸っていた巻煙草のかすかに湿った匂いといっしょに、かつての散歩のひとこまを再生することができた。マラシもまた、あの男と同種の郷愁をこめて、珪石の魅力を語ってみせたのではないだろうか。

ところで郊外人の家に対する愛情は、素材への思い入れとともに、持ち主による「命名」にもはっきり刻まれている。家に名前をつけることじたい、もはや失われてしまった慣習だが、この美しい過去の習いをなんとしても取り戻そうというほどの勢いで、ヴォルコヴィッチは二百の市町村から、四千もの家の名前を収集している。「薔薇の雨」「薔薇の蕾」といった花の名前にはじまって、「アトリの巣」「わがヒワの家」などの鳥の名、「夢の巣」「ひとつの巣といくつかの花」といった逃避と休息を示す名、「少しずつ」「わが額の汗に」「それでもやはり」「やれやれ」「ぼくの全財産」「もう十分」など、働き者の心根を表出する、うまく日本語に移せない独特の名、「アイーダ館」「アルルの女」「フーガの技法」など音楽からの転用、「モンテ・クリスト館」「シラノ館」「ユーパリノス」などの文学系、もっと希少な理科系統からは、「青かび館」「$\sqrt{2H}$」などといった奇抜な名前が採集されている。その他さまざまな例のなかで、命名者の気持ちが衒いなく率直に伝わるものといえば、やはりシュザンヌだのマリー＝ルイーズだのマルゴだの、女性の名前をつけた家だろう。シャン・シュール・マルヌには、《彼女の近くの館《ヴィラ・プレ・デル》》という、それだけで動悸のおさまらなくなるような家があるらしい。こんな愛称の家で静かに暮らせるのだろうかと心配になるほどだ。

しかし私が住むとしたら、短い愛称すらない、ごくありきたりの家がいい。べつだん珪石で出来ていなくとも、そこいらで見慣れている赤茶けた煉瓦造りの、適度に汚れたつつましい家がいい。どうしても名前をつけろと言われたら、たぶん《私の貝殻《マ・コキーユ》》とでもしておきたくなる、そんな家。貝殻に譬えられる程度の小さな家こそ私の理想であり、またおそらくはヴォルコヴィッチの理想でもあるはずだ。なぜなら、彼は頼りない外観の小ぶりな家についての愛着を吐露しているからである。「そんな痩せぎすの家々を、どうしていとおしく思わぬことがあるだろう？　いかにもわたしたちにお似合いの、イメージ通りの家々だ。不安定なくせに安心でき、貧相なくせに威厳があって、隣家に抗すべく身をひきしめ、時には隣家の支えを拒みながら、《じぶんひとりで》立っていようとする子どもや老人のように、小さいなりに精一杯からだを起こしている家々」。補修を嫌っていつまでも傾いたままでいるちっぽけな家屋は、品のいい温良な家庭生活とは別種の、どこか隠遁に似た日々を招来している。その究極の例として掲げられるのが、ドワノーの『パリ郊外』末尾に置かれた写真のなかの家である。

最小限の家。あと少し小さかったら、とても暮らしていけない。ドアがひとつ、窓がひとつ、煙突が一本、雨樋が一本。住めるのはひとりで、それ以上は無理だ。古いおとぎ話に出てくる、貧しい木こりか赤ずきんのおばあさん、でなければ小びとたちが住んでいる森のなかの小屋みたいな家。

模範的だ。余分なものはいっさいなく、ほんのわずかな媚態さえ見あたらない。両側から窓をはさんでいるふたつの菱形模様――われわれは建築の〇度から〇・五度へと移行する。そして至高のタッチである、(望んでなのかどうなのか？)この天才的なひらめきとも言うべき、シンメトリーをわずかに狂わす傾いた屋根の鳥打ち帽――、なぜなら、われわれがいるのはねじまげられた物と寄せ集めの王国、すなわち郊外なのであって、ここでは完璧さや良き趣味といったものは、ことごとく場ちがいになってしまうはずだからである。

この一節を読んだとき、まったくそのとおりだと三嘆膝をたたきつつも、なんだかひどく大切なことをあっさり見過ごしていたわが身の愚かさに、悔しい思いをしたものだった。建築の〇度から〇・五度へという魅力的な表現に導かれて、適当な置き場が見あたらぬまま床に積みあげてある大型本の山から、しばらくぶりにドワノーの写真集を抜き出し、私はさっそく最後の一葉に目を凝らしてみた。なるほどそこには、庇に《EPICERIE-BUVETTE》と白抜きの文字で記された乾物屋兼立ち飲みカフェが写っている。いまにも倒れそうだというほどではないにせよ、ちょうど丘の上に位置しているせいか、背後には住宅地が小さく覗いているだけで、建物の背はなんの支えもなく垂直に断ち切られている。もしかしたらこの段差を利用した地下室が、つまり本当の一階が隠れているのかもしれないのだが、写真を見るかぎり、かすかな右上がりに延びている手前の石畳と、ゆるやかにたわんだ庇と、ヴォルコヴィッチの指摘どおり奇妙にゆがんだ屋根と、その左上に架かる電線の、四本の線が、引き損ねた平行線のように居心地のわるいずれを起こしていて、この不思議な一戸建てに偏屈な老人といった雰囲気を付与している。

そこまでは、しかし誰にでも読解可能な情報だ。私がヴォルコヴィッチの感覚に唸ってしまったのは、店の左側にのぞいている背景、ちょうど庇のあたりにぴょこんと飛び出した、画面上では長さ数ミリのビス程度にしか見えない白い給水塔に言及していることだった。彼にとって、この給水塔はいつも遠巻きに眺めやるだけの、ヴァージニア・ウルフの燈台に劣らず近づきがたい、ぶらつきの目的地だった。夢の給水塔は、そしてこの給水塔が見える町の一杯飲み屋は、いったいどこにあるのだろう。『パリ郊外』のキャプションには、「ひとりで家に帰る」という謎めいた文句があるきりで、多くの写真と同様、撮影場所は明示されていない。ドワノーの写真からは、すでに半世紀の時間が流れている。歴史的な建造物ならいざ知らず、まさかこんなちっぽけな家が残っているはずもないだろう。ところが、ある冬の朝、ヴォルコヴィッチはまったく偶然、ヴァル・ド・フォントネーの入口で、この家を発見してしまうのである。数年の後、彼は写真家のミシェル・ラムルーを連れてその場所に赴き、ドワノーよりやや右にずれた位置から、幻の「ちいさいおうち」を撮影させている。

そこで今度は、五十年の時をへだてた二枚の写真を比較するべくそれぞれの写真集を床に広げてみたところ、周囲の環境の変化を検討する前に、二階の窓をはさむ菱形のさみしげな瞳と視線がかちあって、私は不覚にも、一瞬のあいだ視界が曇るほどの感動に襲われてしまった。著名な写真家が作品にとどめているとの説明書きや碑文があるわけでもないこんな家が、よくも生き延びられたものだという感慨にふけったのではない。ひとが家を建て、そこに住み、食事をし、眠る、この単純な反復のただならなさを、かいま見たように思ったからだ。かつての《エピスリー＝ビュヴェット》は消え去り、庇は取り外されるか巻き取られるかして、一階店舗の飾り窓が本物の窓につくり変えられている。入口の扉には「飛行クラブ」のポスターが貼ってあり、二階にはどういう意味なのか、《O MAR》と読める看板が取り付けられている。地元の寄り合いにでも使われていたのだろうか。家は明らかに無人となって戸口はしっかり封鎖され、窓の下の板が一部はがれ落ちている。最大の変化は、アスファルトに塗り固められた店の前の道路が、左手に造成された新道とつながり、「町」へ下っていることである。この道路のためにドワノーの写真の左側はすっかり削り取られ、以前にもまして家の孤立ぶりが強調されている。ありがたいことに、ラムルーの写真には、家の左側に新しく設置された電柱の住所表示が写っており、そこがフォントネー・ス・ボワのヴィクトル・ユゴー大通りだと特定できるうえ、戸口の右に付けられた九十八番地の鉄板をあわせると、ほぼ正確な位置を割り出すことができる。例の給水塔は、そこからほぼ北東にのびる線上、ヌイイー＝プレザンスの採石場の北にあるものだった。こんなところで「石」と「夢」が結びついているのは、はたして偶然ですまされる事態なのだろうか？

いままでずいぶん遠いところにあると思っていた目的地、いやそれより前に、どこにあるのだか見当もつかなかった土地が、突如としてその焦点を結ぶことがある。歩いている区域や歩行速度にあわせ、自在にその大きさと高さを変えるヌイイー＝プレザンスの給水塔は、ヴォルコヴィッチにとって、プルーストにおけるマルタンヴィルの鐘楼と同等の意味合いを担っているにちがいない。一九八八年、こうして彼は、ドワノーの写真のなかで強く憧れながらも、絶対に行き着けないと観念していた幻の燈台を、ついに訪れるのだ。

わが給水塔を目にすると、心臓は相変わらずおなじように激しく打ちつける。それでもわたしは、そこへ行ってみたのだ、おまけにモントルゥーユの高台、モンロー公園、ロニーの丘、そしてラ・プルーズの道を通って、何度も足を運びさえしている。あの場所に、通りがそこへなだれ落ちていく北側の崖や、南の斜面の打ち捨てられた採石場を見下ろしつつ、給水塔がその中央に鎮座しているアヴロン台地のうえに立つと、迷子になったような気もするし、じぶんの家にいるような気もしてくる。どこかの島にいるみたいに。ヌイイー＝プレザンスに日が昇る。ドゥモワゼル大通りには物音ひとつなく、バー〈ル・マドリガル〉にはまだ誰もいない。ヴァンセンヌの方へもう一度下って行く前に燈台をひと回りしながら、そのたびごとに、わたしはとうとうやって来た、と思うのだ、世界の果てに。

パリの目と鼻の先にあるヌイイー＝プレザンスの給水塔。なんの変哲もないこの給水塔が、たびかさなる散歩によって、いつか訪れるべき遠い「世界の果て」にまで昇華されている。そしてパリ郊外の「世界の果て」に聳えたつ給水塔は、ヴォルコヴィッチのみならず、彼の文章に捕らえられたこの私にとっても、いまや「ちいさいおうち」への愛着を通り越して、汲み尽くせぬ魅力を発する散策の、永遠の指標となってしまったようである。

記憶の場所

パトリック・モディアノが例外的にガリマール社を離れ、優れた小説家でもある友人、ジャン＝マルク・ロベールの勤務先スゥーユ社を発行元に選んだ、『特赦』。一九八八年、赤い縁取りの叢書に収まったこの一冊は、無邪気にその恒久性を信じてきた存在が目の前からだしぬけに姿を消してしまうときの、痛ましい喪失感を描きつづけてきたモディアノにとって、いつか摘み出しておかなければならなかった病巣をようやく提示しえた、重い作品である。ロマンともヌヴェルともエッセイとも記されていない裸の文章。パリ占領下、ユダヤ人でありながら黄色い星を拒み、二重の身分証明書を駆使して四年間どこへも逃げだすことなく首都の壁の中に生き延びた父親――『悲しみのヴィラ』に語られているとおり、戦後はコンゴあたりで曖昧な事業に手を出し、品のいい黒人実業家たちと、なにやらいかがわしい商談を重ねていたこの父親――に加えて、ジャック・ベッケルの『七月のランデヴー』やイヴ・ロベールの初期の作品など、残念ながら私にはまだ鑑賞する機会の訪れていないフランス映画に端役で使われていたという、いまひとつ冴えないフラマン訛りのある女優だった母親も、舞台興行でヨーロッパや北アフリカをまわり、いつも家をあけている影の薄い存在だった。

モディアノが漠とした影絵のように操ってきた不在の両親に、ここではもうひとり、一九四七年に生まれて一九五七年に病死した弟、それもただ「弟」と呼ばれるだけで名前は一度も記されていない二歳年下の弟が招喚される。父親と母親がそろって留守にした空白の二年間、十歳のモディアノは、弟とふたり、サーカスやナイトクラブで働く母親の友人たちが出入りする「パリ周辺の町」、すなわち郊外の一戸建てに預けられる。『特赦』は、幼い兄弟がきわめて特殊な事情で暫定的なみなしご状態に陥り、なんの血縁もない人たちと一軒の家で寝食を共にしたあげく置き去りにされる、いってみれば残酷な捨て子物語の系譜に位置づけられるのだが、しかし彼らが接する怪しげな人物たちには、肉親にはない不思議な優しさが漂っていて、その記憶は、のちに微細な訂正をほどこされながら、モディアノ自身にいつまでもついてまわる。

強迫観念ともいえるこの時代の出来事を、モディアノは無駄のない、静かな文章で表現しつづけてきた。いったいなぜこれほど簡潔なことばの連なりから甘美な音楽が流れ出し、淡い映像をながくわれわれの心にとどめ置くことができるのか、私はこれまでモディアノの小説に触れるたびにそう自問しては、適切な解答が見当たらぬまま、洗礼を受けたユダヤ人という裏切りの身であり、しかるべき身分証明のできない主体が、自己を確定するために過去をさまよい、そのごく個人的な過去の探索がいわば「共時的」な記憶へと形を変えて読者を揺り動かすのだなどと、もっともらしい理屈をこねまわしたり、弛緩すれすれのところで身を持している舌足らずなモディアノの文章を、チェット・ベイカーの歌になぞらえたりしてきた。だが本当のところ、小説の解釈など春先の天気とおなじくらいその時々の心境や経験の深度によってかわってしまうものなのだ。パトッシュという愛称で呼ばれる少年と彼の弟を見守る奇妙な人物たちの魅力に気をとられすぎていたせいか、異郷での生活を余儀なくされるまで、舞台となっている郊外の家とその周辺に、私はさほど注意を払わないでいた。ニースで展開する『八月の日曜日』をのぞけば、モディアノの世界はパリの壁の中か、その「へり」をほんのわずか踏み出したヌイイー、ブーローニュ、ビヤンクール、あるいはポルト・ドレあたりに終始しており、彼の文章の喚起力は、もっぱらパリの街に依存しているはずだと早呑み込みしていたのである。しかし振り返ってみれば、『八月の日曜日』の舞台に選ばれた南仏の大都市ニースは、マルヌ河流域に広がる水浴場の写真を撮影している語り手の「私」を通じて、パリ郊外を強く引き寄せるものだった。ところどころで漏れ聞こえる郊外の地名は、意外に重要な役割を担っていたのかもしれないのだ。たとえば語り手と弟が住んでいた家は、こんなふうに描かれている。

ファサードに蔦の匍う二階建ての家。英国人が《ボウ・ウィンドウ》と名付けている張り出し窓がひとつあるぶんだけ、居間が広くなっていた。家の裏手には段状になった庭があり、そのいちばん高い段の奥まったクレマチスの下に、ギロチン博士の墓が隠れていた。彼はこの家で暮らしていたのだろうか？　ここで首を切り落とす機械に磨きをかけていたのだろうか？　庭のいちばん高いところには、林檎の木が二本と梨の木が一本植えられていた。

疑いようもない。これは私が見慣れていた郊外の、典型的な一戸建て住宅だ。均衡を欠く突起物としての張り出し窓、果樹の植えられた小さな庭。わずかに通りからしりぞいた家のファサードを護る、鉄柵つきの塀。このありふれた要素に、ギロチンの発明者の墓という、嘘なのか本当なのか私には確かめる術のない、いかにもモディアノらしい韜晦の可能性まで添付されている。郊外についてあれこれ思いめぐらしているとき、ひらめくものがあって再読してみたモディアノの自伝的な散文の冒頭は、予想にたがわず、ほぼ一貫して物語の下地となる地理の説明だった。名前を伏されたパリ近郊の町。『特赦』にそういう背景があったことは記憶していたのだけれど、その記述がこれほど丁寧なものであったとは、思いもよらなかった。それどころか、最初の三頁ほどを埋めるドクトゥール・ドルデーヌ通り周辺の説明は、平常のモディアノが用いている描写の規範をいくらか超えており、どこと明示されていないこの郊外の一区画が彼にとっていかに重要なものか、それを否応なく理解させられるのだ。しかし刊行後あまり時を経ずしてこの本を入手し、ひと息に読み了えたときには、匿名の町の地誌をきれいに見落としていたのである。環境を変えての再読の後、私はさっそく郊外地図の索引を繰ってドクトゥール・ドルデーヌ通りを探してみたのだが、どこを見渡してもそんな地名は見つからず、それがかえってこちらの好奇心を刺激する結果になったことをよく覚えている。冒頭の記述を中心に、この町の地図をじぶんで描いてみようと考えたのも、そんな経緯があったからだ。

ドクトゥール・ドルデーヌ通りには、とくにそのはずれの方には、村のような趣があった。通り女子修道会があり、みながミルクを買いに行く農場があり、もっと先には城があった。通りを右側の歩道に沿って下っていくと、郵便局の前を通り、おなじ位置の左側には、鉄柵越しに花屋の温室が見える。花屋の息子とは学校で席が隣どうしだった。もう少し下っていくと、郵便局側の歩道に、プラタナスの葉むらに隠れるようにして、ジャンヌ＝ダルク小学校の壁が続いている。

家の正面には、ゆるやかに下る並木道がのびていた。その右側はプロテスタントの教会と、ちょっとした藪のような林に縁取られ、私たちはそこからドイツ兵のヘルメットを見つけ出したものだ。左側はペディメントのある白く長い建物に囲まれ、そこには広い庭としだれ柳があった。さらに下ると、庭との境界に、ロバン・デ・ボワという食事のできる小さな宿があった。

坂道を下り切った先には、それと垂直に道路が走っている。右に折れると、いつもがらんとしている駅前広場があって、私たちはそこで自転車に乗ることを覚えた。反対の方に曲がると、しばらく公園沿いに歩かされた。左手の歩道には、商店街を擁するコンクリートの建物があり、新聞屋、映画館、そして薬局がならんでいた。

そのむこうには空き地があって、毎週金曜日に市が立ち、時には移動サーカスのテントや、縁日の屋台が出ることもあった。

やがて市役所と踏切が目の前に現われ、踏切をわたってしまえば、あとは教会の広場と慰霊碑までのびた村の大通りまでの上りになる。

語り手は、十歳の少年の目で、移動カメラを回すようにひとつの町を活写する。街の中心はやはりドクトゥール・ドルデーヌ通りだろう。この通りの一方に城が、もう一方にジャンヌ・ダルク小学校があって、高度からすると低い方にこれと平行して鉄道や道路が走り、電車道をまたいだところに教会が立っている。目印となる大まかな建物は列記されているので、それらの情報をもとに、不要になったA4コピー用紙の裏を使って鉛筆で簡略な地図を描いていくと、大げさにならないひっそりした郊外の町並みが浮かびあがってくるような気がしたものだ。

むろん文章の進展にしたがって、当初の地図はさまざまな角度から補正され、より正確なものとなっていった。パトリック少年は両親の不在を理由にジャンヌ・ダルク小学校から追い出され、それより先にある村の小学校に入学を許されるのだが、そこへ辿りつくには駅まで下っていく道路を横切らなければならないとあるので、ドクトゥール・ドルデーヌ通りとこの道路は完全な平行ではなく、学校側の端で結びついていることがわかる。さらに、城を越えて先に進めばビエーヴル川が流れ、城の周りの森を抜けたところにレ・メスの町が出現するとの情報を提供されるにおよんで、モディアノが匿名に伏した土地は、ほぼ完全に特定されることになる。パリの北西から南へ流れるビエーヴル川とレ・メスの位置を見定め、その南に広がる区域に視線を移せば、小説の記述にしたがって私が描いた下手糞な地図とよく似た形の町が見つかるのだ。

ジュイ・アン・ジョザ。何ということだ、と私は独語する。小暗い印象のあった物語の舞台が、こんなにも明るい響きを持つ土地だったとは。おまけにまたしてもヴィクトル・ユゴーだ。ジュイ・アン・ジョザといえば、ユゴーが愛人ジュリエット・ドルエと暮らした家を保存している町であり、もっと一般的には、十八世紀のなかば、フランスに帰化したドイツ人、クリストフ・フィリップ・オベルカンが、インド織物の工場を建てて以来、「ジュイ織」の産地として知られる土地である。人口約八千人、カルチエ財団の現代美術館や芸術家の創作活動を助けるアトリエも用意されているのだから、文化果つるすさんだ郊外とは言えないし、レオン・ブルムやユゴーなど、文学や政治に関わった歴史的な人物とも縁の深い、考え方によっては見どころのある町かもしれない。ただしモディアノが不安な少年期を過ごした一九五〇年代初頭には、それほど活気ある町ではなかっただろう。少なくとも語り手は大詩人の色恋沙汰にも織物にも触れておらず、町は余計な色を抑えた、モノクロに近い感じに仕あがっている。モノクロこそパトッシュが間近で観察した人々を再現するのにふさわしい方法だったのだ。色彩を避ける文体の選択は、モディアノの全作品に共通する要素であり、あまりまっとうではない仕事で生きているらしい人間を優先的に登場させていることも、白黒の色調を必要とした原因だったと思われる。

この作品のなかに行き来する人物たちの輪郭は、みなじつに謎めいている。元サーカスの曲馬師で、のち軽業師に転向し、足の怪我のため引退を迫られたエレーヌ。いまも足を引きずりながら彼女が家事を取り仕切っている。それから、〈キャロルズ〉というナイトクラブで働くアニー。彼女は当時二十六歳で、エレーヌとは十九歳のときからの知り合いだった。そのほかにアニーの母親でニーム訛りの抜けないマチルドと、子守り役に雇われた白雪姫《ブランシュ・ネージュ》という愛称の若い女性がいて、基本的にはこれらの女性たちだけで構成される集団のなかに、パトリックと弟が組み入れられていた。彼らの奇妙な共同生活を支える郊外の家は、パリのポンティウー通りにナイトクラブを所有しているフレッドの持ち家で、フレッド自身はたまにしか顔を出さず、この家宛てに送らせている郵便物を受け取りに来るほかは、概して存在感のない人物である。彼女たちがパトリックの母親代わりだとすれば、父親に代わる男たちは、アニーの友人関係からまかなわれていた。なかでも開閉式屋根のアメリカ車に乗ってくる四十がらみの男、いつも唇のあたりに冷たく突き放したような微笑をうかべているロジェ・ヴァンサンは、周囲から一目置かれているふうのいかにも怪しげな人物で、父親の特徴を目立たぬ程度に分有しているし、アニーと同年というから二十六歳のジャン・D——『失われた街』にはおなじイニシャルの人物が登場する——は、まだ十歳の少年にむかって《セリ・ノワール》を薦め、女たちの反対をよそに『現金に手を出すな』を貸し与えてしまう物静かな不良タイプの青年だ。

これら周縁に生きる人間たちに囲まれた日々にあっては、肉親からの消息は、めったにない事件として脳裏に刻まれる。母親からはチュニスの航空写真をあしらった絵はがきを最後に連絡が絶たれ、父親は北アフリカのブラッツァヴィルやバンギから手紙を寄越すだけで、たまさか戻ってきても、それは再度の不在を糊塗するためのごく短い滞在にすぎない。もっとも、名前を隠匿されたパリ近郊の町が、この父親にとってまったく無縁の土地であったかといえばそうではなく、いつもながらの胡散臭い口調で、彼はドクトゥール・ドルデーヌ通りの先にある城の城主、コサッド侯爵ことエリオ・ソルテールと懇意だったなどと、嘘かまことか判然としない発言で子どもたちの夢想を煽り立てている。

コサッド侯爵は第一次大戦時、二十歳にして空軍の英雄となった人物で、アルゼンチン女性と結婚したのち、どんないきさつがあったのか、アルマニャックの製造販売に手を出して成功、「アルマニャックの王」と呼ばれるようになった。ジュイ・アン・ジョザの城を買い取ったあと、第二次大戦が終わる頃、妻といっしょに姿を消したという。むかし彼のアルマニャックの積み出しを手伝ったことがある、行方はわからないが死んだわけじゃない、彼はいつかこの城に戻ってくるはずだ、と父親は語るのだが、いかにも信憑性の薄いこのあたりの逸話は、『メモリー・レーン』に出てくる馬の買い付けを思い出させる。コサッド侯爵を好例として、パトリックの父親がひと筋縄ではいかない人間関係の網を張っていたのは真実らしく、占領下のパリで二度にわたって逮捕されながら生き延びることができたのも、パリ解放の際、仲間とともに銃殺されたルイ・パニョンなる人物の口利きがあったからだという。もっとも、それとて成長したパトリック少年の推測にすぎず、本人の口からくわしい話を聞かされたことはないのである。いったい父親がどのような活動をしていたのか、それすらわからないのだ。

ずっとのち、語り手は古い資料にあたりつつ、ゲシュタポと繋がりのある暗黒街の男たちが根城にしていたことで知られるロリストン街にたむろしていた、ルイ・パニョンの一党と父親との関係を洗うために、独自の聞き込みを行なうのだが、パニョンが一九三七年から一九三九年まで、ポルト・マイヨのあたり、つまりヌイイーとルヴァロワとパリが入り混じる境界の自動車修理工場で働いていたこと以外、なにもつかめずに終わっている。ただひとつ確かなのは、一九三九年のある午後、乗っていたフォードのタイヤを交換するために立ち寄ったこの修理工場で父親が逮捕されたことだけだった。パトリック少年は、アニーに連れられてよくこの場所を訪れていたのであり、しかも二十年後の夏、今度は処女作を執筆中の文学青年として、おなじ界隈に部屋を見つけるのだ。さまざまな秘密を飲み込んでいたパリの「へり」。寒々としたあのガレージの一角は、環状自動車道《ペリフェリック》に押しつぶされて跡形もなく消えてしまったが、モディアノの小説のなかでひと筆描きのようにあっさりと扱われているパリの「へり」があれほど効果的なのは、現存する区域ではなく、周辺地域の開発にともなって失われた歴史に依拠しているためでもあるのだ。彼の出生地ブーローニュ・ビヤンクールをふくめて、所属のはっきりしない周縁地域がたんなる小説の枠組みを超えていることは、父親の役回りからしても明らかだろう。

ただし、最初に述べたとおり、姿を消してしまったのはヌイイー、ルヴァロワ、パリのはざまだけではなかった。パトリック兄弟の親代わりとなった女たちも、彼らの生活に介入した男たちも、唐突に蒸発してしまうのだ。ある日、校門で弟が語り手を待っていて、家からみんないなくなった、と心配そうに言う。帰ってみると、アニーの部屋もマチルドの部屋もエレーヌの部屋も白雪姫の部屋も空っぽで、これまで誰も住んでいなかったかのような沈黙が家を支配していた。たぶんヴェルサイユあたりへ買い物にでかけているんだ、きっと帰ってくるよ、ここで待っていよう。弟を安心させるためというより、自身の不安を抑えるためにパトリックはそう言い、残されていた果物を食べたりラジオを聴いたりして間を持たせようとする。それも次第に息苦しくなってくると、ドクトゥール・ドルデーヌ通りの先の城へ気晴らしに出かけて行く。あらためて家に帰ると、今度は塀の前に見知らぬ黒塗りの車が止まっていて、警察が家宅捜索を行なっていた。子どもたちはいったいなにが起きたのかよく理解できぬまま、事が片づくまで庭で遊んでいなさいという刑事のことばにしたがう。『特赦』は、つぎのような一文で締めくくられている。「そして、私たち、私と弟は、誰かが迎えに来てくれるのを待ちながら、庭で遊ぶふりをしていた」。閑静な郊外の一軒家が唐突に警察の出入りする修羅場と化す。この幕切れの衝撃だけは、二度の読書を通じて変わらないものだった。ひと気の途絶えた家ほど寂しいものはない。物語の冒頭に置かれたドクトゥール・ドルデーヌ通りと、脱け殻になった家の様子を生々しくまぶたに焼きつけて、私もまた茫然と本を閉じなければならなかった。

それからしばらくして、長年のあいだ国営放送で書評番組を任されているジャーナリストが、それを補足しつつ編集にあたっている新刊案内誌の表紙に、モディアノが登場しているのを私は認めた。いま調べてみると、一九九〇年五月、ベストセラー入りした『新婚旅行』が出た直後の号である。キオスクに並んでいたところを目にして、一度も買ったことのなかったその雑誌をあわてて購入したのだが、当然新作にちなんだ特集だと思い込んでいた私は、すぐわきのカフェテラスに腰を下ろし、該当ページを開いた途端、掲載されていた両開きの写真に釘付けになった。《モディアノ、記憶の場所》と題された特集ページの書き手は、ガストン・ガリマールやシムノンの周到な伝記で知られるピエール・アスリーヌだったから、書きなぐりのやっつけ仕事ではなかったはずだ。しかし写真があまりに強烈だったために、先へ進めなくなってしまったのである。そこに写っていたのは、私が地図を描きながら想像していた、『特赦』の家そのものだったのだ。

青空を背景に仰角で撮影された郊外の家。鉄柵のある石塀のむこうに、壁の色が均一にくすんだ二階建ての家があり、一階中央にある玄関の左右を、それぞれふたつずつ、計四つの窓が挟み、二階には五つの窓がきれいに並んでいる。そして、右の切り妻に、まさしく取ってつけたような六角形の出窓が見え、その上に白い手すりのあるテラスが設けられていた。裏手にも建物があるところを見ると、どうやら庭は消えてしまったようだ。動揺を鎮めてから、私はアスリーヌの文章をゆっくり読み進め、そこがジュイ・アン・ジョザ、ドクトゥール・キュルゼンヌ通り三十八番地であることを知った。隣人に勧められてモディアノの『特赦』を読んだこの家の現在の持ち主が、一読ただちにじぶんの家だと見抜き、連絡をとってきたのだという。読者からの通報によって、三十六年ぶりに存在の痛点である家を訪れることのできたモディアノにアスリーヌは同行し、この記事を書いていた。

たくみにまとめられた読み物で、私は多くを教えられ、またモディアノの両親に関する資料などにも感ずるところ大だったのだが、なんといっても当初は虚構の枠に嵌め込まれた匿名の空間だとのみ思われたその家を、いきなりモディアノの過去の物証として突きつけられた衝撃にまさるものはなかった。この写真の頁を開くと、いまでも尋ね人を捜し当てた素人探偵のような悦びと後ろめたさを私は同時に感じる。喜びを意味する単語に派生したジュイ・アン・ジョザという地名の明るさと、内容の暗さとのずれにも似たこの落ちつかない気分こそ、一人称を駆使したモディアノの語りがもたらす最大の功徳だったにちがいない。私はいまだにこの町を訪れてはいないのだから。

首のない木馬

ひどく寒かった。雲はそれほど重くないのに、大気は珈琲を何杯か飲んだくらいではとても太刀打ちできないほど冷えていた。うまく言えないけれど、鼓膜の裏側が寒いと感じたのは生まれてはじめての経験だった。ついさっき異臭の漂うレピュブリックのメトロの通路で屋台を張っているアラブ人から衝動買いした二〇フランの薄いマフラーなど、ハンカチ程度の役にしか立たない。こんな寒空の下へふらふらとさまよい出てしまったのは、雪が舞い落ちる直前の午後や、終日つめたい雨が降りつづいた日暮れどきになるときまって外を歩きたくなる奇妙な性癖のせいなのだが、中身をけちったロールキャベツみたいにみすぼらしく背中をまるめていたにもかかわらず、私のこころがいくらか昂っていたのは、ひさしぶりに大きな仕事をやり終えたあとだったからだろう。一か月間かかりきりになっていた今度の仕事の報酬を手にすれば、あと半年ほど滞在を延長できるはずだった。これからの身の振り方をふくめ、山積した問題を納得のいくまで検討する、最後の猶予が与えられたのだと私は解釈していた。冷静に物を考えるには、うってつけの天気でもあったのだ。「灰色の海にひろがる、この悲しい冬の日を摘みとれ」。愛する詩人ヴァレリー・ラルボーのそんな詩句が口をついて出るくらい、なにか恥ずかしくなるほど前むきな気分だった。

わが恋人よ、おおわがよき恋人、わが友よ！
ホラチウスがレウコノエに捧げる頌歌を綴ったのも
こんな日だったにちがいない、
やはり冬の日だったのだ、いま
チレニアの海を越えてむこうの岩山で砕ける冬のように
心の惑いを追いやり、つつましい仕事に打ち込み
厳粛な自然のなかで静かに暮らし、
海を見ながら、ゆっくり話したいと思う
そんな一日のことだった……

たしかに静かではあったけれど、サン・マルタン運河沿いに姿を見せているのは犬と老人ば

かりだった。鎖も首輪もない犬たちがさほど嬉しそうな様子も見せずうつむき加減に歩を進めていくその背後に、かならず年寄りが歩いていた。犬が時どき心配そうに振り返るので、彼らが飼い主だとわかるのだが、どちらが連れられているのかといえば、やはり人間の方だとしか言いようがなかった。パリは犬に連れられて散歩するほか楽しみのない孤独な老人の街でもあるのだ。犬よりもおぼつかない足取りの老人たちと何度かすれちがい、しかも歩道の尽きた果てに非フランス語的に読めば《スターリングラード》となるような駅があったりするので、私は冬将軍にさからってはるばる革命後のロシアまで歩いてきたような錯覚に陥り、元気が出るどころか完全に気力が萎えてしまいそうだった。この界隈はスラム化した古い建物が次々に取り壊されて鉄筋コンクリートに占拠され、駅周辺のだだっぴろく寒々とした感じは赤の広場を連想させる。城壁の内側にとどまりながら、すでに郊外化への道を走りだしているかに見えるそんな風景を縫って、私はいつもと変わりないふうを装いつつルルゥク運河のほうに折れると、ちょっと寄り道をして対岸の操車場まで足をのばすことにした。

清掃を終えた無人の列車や貨車の静かに並ぶ操車場を見るのが、私は好きだ。少年時代の友だちに旧国鉄職員の息子が何人かいて、そのうち特に仲の良かったふたりの父親が、いずれも郷里の駅から三十分ほどのところにある保線区に勤めていた。彼らの先導で、私たちは時折その神秘的な空間に入り込むことを許され、廃線の端に残るさびついた転轍器に触れたり、鉄道員のために用意された質素な木造の休憩所やスレート葺きの天蓋のある巨大な修理場、重い鋼鉄の扉で封印された倉庫のなかを、探検と称して歩き回った。雪の日には、事故防止のためにレールの下でカンテラを燃やして積雪を溶かすのだが、夕方まで遊んでいるとその黄色い炎がぼおっと浮かびあがり、風になびいてゆらゆらと揺れ、灰と白と茶の色に染まった視界に細々とした夢のかけらを現出させるのだった。

そんな遠い日の思い出が蘇ってきた背景には、数日前、たまたま出先の町の書店で買い求め、みすぼらしい宿のベッドで読んだポール・ベルナの小説の影響があったのだと思う。小説といっても、『首のない木馬』と題されたその作品は安手のハードカバーで統一した子ども向きの叢書の一冊で、操車場のあるルヴィニーという郊外の町に暮らす少年少女の日常と、国中を騒がせた強盗事件を、首のもげた貧相な木馬を軸にミステリ・タッチでひっぱる他愛ない物語だが、その起承転結の幼さがいかにも私向きなのだった。一党のボスであるギャビー、木馬の持ち主であるフェルナン、捨て犬を飼い馴らす不思議な少女マリオン。十二歳のギャビーを中心にまとまった貧しい子どもたちの活躍が、パリ北郊の一部の区域とはちがって犯罪行為と結びつかないところに、この本の懐かしさがある。都会に住む子どもたちには体験しようのない物語なのだ。首のとれた木馬をつけねらう不審な人影はいったい何者なのか、くず屋流れの薄ぎたない木馬がなぜ狙われるのか。操車場の隅に放って置かれた古い倉庫で、子どもたちが強盗と戦うクライマックス――手なずけた捨て犬を総動員して悪漢を襲わせるマリオンの雄姿――を経て、いよいよ謎の解明にむかう。さしたる事件もない平和な街で無聊をかこっていた刑事が、彼らの助力を得て難事件を解決し、一部始終を説明する大団円は、活劇の終わりにふさわしいカタルシスに満ちている。

　妙な気負いのないぶん好みにあうのだろう、私は子ども向けの本を時どき手にして乏しい読書量を水増ししているのだが、現代のパリ郊外に生きる子どもたちを描いてあまり暗くならない物語に行き当たったのは、望外の幸せだった。背景となる《操車場《ギャール・ドゥ・トリアージュ》》というフランス語の響きもすばらしい。夢と謎が交錯し、善と悪が選別《トリエ》される場所。言葉の音が夢想を誘う、典型的な例だ。線路の近くを歩きたくなったのは、ポール・ベルナの本の読後感と、操車場を意味する単語の音が、まだしっかり脳裏に刻みつけられていたためだろう。しかし現実には、列車の気配を身近に感じたかったから、というほうが正確かもしれない。静止した列車には、どこか人を安堵させるものがある。少なくとも私はそう感じる人間のひとりであって、大きな駅で人いきれに触れるより、ふだんより控えめな警笛とくぐもったブレーキの音が遠巻きに聞こえてくる操車場にまぎれこんでいるほうが、気持ちは和らぐ。そういう意味でなら、私にとってパンタンのカフェは、落ち着きのない駅と静かな操車場の長所をあわせもつ、貴重な空間だったといえるだろう。

店の常連だったかつての友人が姿を消してからも、馴染みになった連中と週末にベビーフットをしたり、平日の午後、パリ市内の喧騒とはまったく次元の異なる静けさに包まれた数時間を選んで、地下へ下りる階段わきに置かれた小テーブルで仕事用の本に目を通したり、煩雑な報告書を書いたりするために、私はなかば習慣化したカフェ通いをつづけていた。ミシェル・ピコリをほんの少し粗雑にした感じの主人はアルジェリア出身の男で、数年前にフランス人の妻を癌で亡くしてからは、誰の助けも借りずにこの小さな店をひとりで切り盛りしていた。女房の葬式の日以外は休んだことがないというのが、あまり自慢話をしない彼の、唯一の自慢だった。朝から夜までカフェにたむろする客の相手だけでなく、食材の仕入れ、定食の仕込み、あと片付け、そして掃除に売り上げの計算まで、人通りの多い街角に大きなテラスを張っている店とは逆に、なにからなにまでひとりで取り仕切らなければならない一国の主としての拘束を、彼はけっして捨てようとせず、過労をこぼすそぶりも見せなかった。

とはいえ、私のように毎日顔を出すわけでもない不定期の、しかもこの国に根を下ろして生きていこうなどと考えもしない無責任な短期滞在者にすら、主人の疲労の跡はさまざまな形で読み取ることができたのである。エスプレッソを注文しただけで、ひたすら地下のベビーフットでねばったような晩にはやはり後ろめたく、片付けを手伝わせてほしいと申し出たこともあったが、もちろん彼は笑って取りあわなかった。東洋系の顔は私ひとりだったし、先の友人を首謀とした詐欺事件に一枚かんで迷惑をかけてからも、懲りずにちょくちょく顔を出しては、カウンターの内側にそれとなく目をやっているのを察したのか、わりあい気軽に口をきいてくれるようになっていた。仕事で付きあわざるをえなかった一部のインテリ層を除くと、私にたいして喋る速度をいつもより遅くする心づかいを示してくれたのは彼だけだった。パリの市民講座で発音を矯正するのがいちばんだと私に忠告してくれている中央アフリカ出身の男の、当のそのフランス語が聞き取れずにうろたえていたところを、かいつまんで「通訳」し、友好的にとりなしてくれたこともある。饒舌ではないのにつぼを心得た話し方で、十年もむかしの話からその日の朝の出来事にいたる広範な過去の話題を、相手によってたくみにふりわけ、話の古さで親しみの度合いを周囲に自然と理解させていく彼の存在は、私だけでなく、客のほとんどに、他の場所ではえがたい安らぎをもたらしてくれていたように思う。

寒さで鼻が真っ赤に染まっていたのだろう、こちらの顔を見るなりめずらしく笑い声をあげて、そんなつらでどこをほっつき歩いてたんだ、と主人が言う。質問に答えるより先に、ともかくなにか身体の温まる物をと、私はいつものようにポット入りの珈琲を頼み、ついでにクロックマダムを注文した。運河沿いの空き地で鶏を放し飼いにしている隠居老人から卵を買いつけているので、この店の卵料理はひどくうまい。熱い珈琲を啜り、たっぷりした黄身を中央やや左寄りに象嵌したクロックマダムを頬張りながら、私はようやく回り出した舌をあやつって、長期間かかわってきた大きな仕事が上首尾に終わったこと、その収入で急場はしのげるだろうことなどを説明した。気晴らしにここへまっすぐ来るつもりが、なんとなく操車場の近所をぶらつきたくなったのだとも素直に打ち明けてみると、俺が小さかった頃は操車場じゃなくて、貨物の駅が遊び場だったな、という意外な思い出話が返ってきた。まわりに空き地と倉庫がいっぱいあったよ。戦後ずっと放っておかれたままの建物があって、一度なんかはそこで、どういう事情があったのか、あとでお巡りに聞いたら盗品だったそうだが、新品の鰐皮のハンドバッグやシガレットケースがぎっしり詰まった箱をたくさん発見したこともある。冒険したぶん見返りのある時代だったな。私は驚いて主人の顔を見つめた。つい先日読んだ子どもの本に似たような話が書いてあって、いま操車場のあたりを歩いてきたのもじつはその話が頭にあったからなんだ。私がそう言うと、ガキの遊びなんてむかしも今も変わりゃしないよ、木馬型の三輪車がプラスチックのスケートになったくらいのもんだろう、と主人は応えるのだった。ベビー・フットだってそれとおなじだ。遊び場は最初からあるもんじゃない、じぶんで見つけるもんだ。まあ、俺はあんたたちにそれを提供してることになるんだろうがね。

そのとおりだった。この店は遊び場でもあったのだ。腹ごしらえを済ませると、私は馴染みの客を誘って地下に下り、四試合戦って三勝一敗の成績を残した。自動車工場に勤めている対戦相手は、店のすぐ上のアパルトマンに住んでいる陽気なギリシア人で、小さな左利きの黒猫——猫に利き腕があるということを、私はこのソクラテスと名づけられた猫のおかげで知った——を飼っていた。時々その猫をこっそり連れ込んでは試合に参加させるので、少々けむたがられていたが、同好の士と語らって「パンタン地中海リーグ」という、命名にあまり説得力のない集まりを結成し、日々鍛錬を怠らない強者ではある。だがこちらの腕も近頃はだいぶ磨きがかかってきて、調子に乗ると我ながら惚れ惚れする試合運びができるようになっていた。ヴォルテール街のカフェでも恥ずかしくない戦果を挙げていたし、実力に勝る人間と戦って予想外の勝ち方をした場合にも、むこうが力を加減したのだろうと謙遜せず、勝ちは勝ちと素直に喜ぶ厚かましさが身につきつつあった。技術の向上は精神に安定をもたらす。敵の動きがはっきり読めるようになる。やみくもにバーを動かさず、できるだけしなやかに手首を使い、要所はドリブルで確実につなぐこと。悪事を働きつつ私の生活を助けてくれてもいた、もと友人直伝の極意が、ようやく飲み込めるようになっていた。

と同時に、以前にも増してこのゲームに入れあげていた私は、いま携わっている仕事に嫌気がさしたら早急に帰国し、若い頃のように食事のできる喫茶店で働いて、いつかじぶんの店が持てたら客席の隅に中古のベビー・フットを置いてみたいと、そんなばかげた夢をなかば本気でたどり直したりするのだった。過去は過去として葬り、新しい道を見つけるためにわざわざこんな石の街で暮らすことを選んだというのに。パリでは労働許可証がなく、東京に帰れば資金も飲食業の免許もないのだから、いずれにせよ諦めるほかない夢物語なのだが、試合のあと、敗者のおごりでビールを飲みつつよもやま話をしていると、まだ遅くはない、もう一度やってみるだけの価値はある、と思えてくるのだった。閉店時間になり、客がすべてひけたあとも、そんなわけで私は飲みさしのビールを持ったまま階段横の椅子に腰を下ろし、主人の許可を得て掃除の手並みを拝見させてもらうことにしたのである。

テレフンケンの古いラジオをつけて音楽を流しながら、カウンターに残っているカップや皿を揃えて食器洗い機に入れ、作動を確認する。椅子を逆さまにし、壁の一方に寄せておいたテーブルにすばやく積みあげる。そうしてできた床面に、衣服にも便器にも乗用車にも床拭きにも使えますと図解入りの説明が印刷された、おそろしく大雑把な効能を誇る《ミール》という青い液体洗剤を水で薄めてぶちまけ、モップできれいに拭き掃除し、床が乾くのを待つあいだ、エスプレッソマシンの汚れを硬く絞った布巾できれいに拭い取り、バゲットの残りかすや残飯を大きなビニール袋に投げ入れてゴミ箱に片づける。椅子とテーブルを今度は反対の壁面に移動させ、床の残り半分をさっきとおなじ手順で磨きあげていく。それを見学しているうち、軽食も出す珈琲店で働いていた頃の、閉店までの手順がつぶさに蘇ってくるのだった。どこも小規模の店だったため皿洗い機すらなく、手を使って延々と片付けにいそしんでいた私には、いまでも洗剤の臭いを残さずに洗い物をする技術と忍耐力がそなわっている。なにごとにも大味なこの国でなら、必要な衛生基準などやすやすとクリアできるはずだ。主人はテーブルと椅子をもとに戻して灰皿を洗い、温風で乾いたカップをエスプレッソマシンのうえにならべて、白い布巾を掛けた。すべてを終えるまでに、一時間とかかっていなかった。冷蔵庫の中身を点検するために彼が厨房へ入るとき、私は小さく礼を言って辞したが、外へ出てからもカフェのことが頭を離れなかった。

冷蔵庫の中にはなにが入っているのだろう。冷凍の肉類はステック・フリットとブルギニョン風煮込みのための牛肉、バターと青胡椒で風味をきかせる豚肉、フリカッセにする鶏肉。店の基本料理はこの三つだ。白身の魚はそのつど注文する。生ハム、ベーコン、リエットはサンドイッチ用で、チーズはグリュイエールとサラダ用のロックフォールが常備してある。ピクルス、アンディヴ、トマト、バタヴィア。野菜が不足していたら、たぶん明日の朝いちばんに八百屋から取り寄せるだろう。シャンピニョン、レモン、ニンジン、たまねぎ、ジャガイモ。キッシュに入れるポワローがあれば、《工場の片隅》のメニューは出揃う。どんなに手際がよくても、それがひとりで賄う料理の限界だ。冷蔵庫の中より冷え込んだ夜の道をたどりつつ、そんな空想に耽っているうち、私は久しく経験したことのない異常な興奮に見舞われた。じぶんの天職はやはりここにあったのではないか。少年の頃、操車場のわきで細々と商売をしていた、鋳物の独楽やパチンコや爆竹なども扱う湿っぽい駄菓子屋に憧れたように、異国の運河に沿った工場街の一角で、大人になりきれない常連たちに珈琲と酒と最低限の食事とベビー・フット場を提供する、そういう店に憧れてどこが悪いというのか。労働許可証を申請し、主人に雇ってくれと直訴してもいいではないか。そう考えるとなんだかじっとしていられなくなり、帰りがけに書店に飛び込んでいちばん安価な料理本を買い求めると、機会があったら主人にその腕前を披露できるよう、部屋にもどってすぐに予習をはじめたのである。

『エル』という女性誌が出している文庫版の料理シリーズは、写真と解説が見開きでわかりやすくカード形式にレイアウトされていて、素人でも仕上がりの状態を想像しやすく編集されている。そのうちたえず鍋と対峙していなくともある程度は手の抜ける《煮込み料理》の巻をあがなったのだが、材料はどれも六人分、料理はアルファベット順に整然と分類され、まことに機能的な本作りだった。写真のくすみぐあいが珠に瑕だとはいえ、見ていて飽きることがない。艶のいい牛肉、こってりと輝く豚肉に添えられた色とりどりの野菜、そして盛りつけに選ばれた食器類を見ているうち、夢はますます膨れあがり、煮物でも炒め物でも作ってやろうじゃないかと、ありもしない注文に戦意を覚えるのだった。ところが、写真で気に入った料理の、解説文のほうを読みはじめるや、先ほどの興奮ぶりも一挙に醒めてしまったのである。

理由は明解だった。第一頁の最初の文章から最終頁の最後の文章まで、ほぼすべての文章が

《命令形》で書かれていたのである。言うまでもなくこれは実用書の体裁とフランス語そのものが要請するごく当然の事態であって、新聞の天気予報に《未来形》が並んでいるのとおなじ理屈である。邦訳すればそのままあたりさわりのない平叙文にしかならない文章が、外国語になると軒並み命令口調に変貌する。「お店でさばいてもらった鶏肉に、たっぷりと塩をふります」といった『きょうの料理』風の文章を翻訳すれば、おそらく《Demandez au volailler de découper les poulets, salez les morceaux généreusement》となるであろうその考え方は納得できるとして、電化製品の取り扱い説明書ならいざ知らず、終始一貫、命令文で形成された書物を読んだことがなかったために、「皮をむけ《エプリュシェ》」「輪切りにせよ《トランシェ》」「胡椒をふれ《ポワヴレ》」と、第一群規則動詞二人称の活用を執拗に繰り出されて、寛容な私もさすがに閉口してしまったのだ。ああしろこうしろと、どこを開いてもその調子だから、掌に収まる愛らしい判型のその本が、物々しい軍事教練の教本みたいに見えてきて、血も涙もない上官の命令で兵士の戦意が萎えるように、これではとてもフランス語で料理など学べまいと観念したのである。この国で料理の勉強に打ち込む同胞たちの意志の強さに、いまになって感心するありさまだった。命令形を制する者はフランス料理を制する。シェフに威厳があるのは、命令形を克服したからであり、きわめて論理的な帰結なのである。

ここで私の夢の青写真は破れてしまった。シェフほどではないにせよ、権威からすればカフェの親父も似たようなものだろう。しかし私は権威と名のつくものが嫌いだ。おのれの非力を前提としたうえで、人の上に立たず、上からの圧力にも屈しない、場当たり的な生きざまを良しとする私のようなチンピラは、どちらかといえば給仕型の人間であるにちがいない。一から十まで独りで取り仕切るのではなく、みなが協力してできあがった雰囲気のなかで自由に泳がせてもらうギャルソン型の人間。この認識は、ただカフェをやってみたいとする曖昧な姿勢のみか、なにごとにも確固たる基盤を作らぬままぶらぶらしているだけの、とうのむかしからわかっていたこちらの弱点をあらためて衝くもので、なんとも苦い後味をこころの隅に残した。

灰色の海にひろがる、この悲しい冬の日を摘みとれ。身体の芯に巣くうこの悲しい冬の日を摘みとるべく、私は料理本を閉じてアパルトマンの共同コインシャワーまで下り、熱い湯を浴びた。操車場を駆けまわった幸福な日々には戻れず、かといって現実は私のような下等遊民にいっそう厳しいものとなっている。優柔不断な性格が、ここへ来てまだ足を引っ張るようだ。いったいこの先私はどうしたらいいのか。目が粗く、貴重なお湯が身体を避けて四方八方に飛び散るシャワーのなかでそんな思いに沈んでいると、もうあと三十秒浴びていたいという絶妙のタイミングでお湯が止まる。けじめをつけるという点では、私よりこの古びたシャワーのほうが、ずっと上等だった。

坂道の夢想

坂道が恋しくなると、つま先あがりの狭い石畳の街路や、両脇を鋳鉄の手すりで律儀にかためた長い階段があちこちに残っている区域まで出かけていき、そんな道を歩きたくてわざわざ足を運んだくせに、住居があるわけでもない場所を毎日の暮らしから遊離した気分でぶらついているのがじぶんにたいしても周囲にたいしてもどこかきまり悪くて、通りの高低差が仕方なくそうさせてしまったらしい、屋根のならびも窓枠の線も不揃いな建物の下の、なるべく陽の当たらない方を、うつむき加減に歩くことがよくあった。モンマルトルあたりなら、ケーブルカーや有名な階段のある表側からのぼっても、観光バスの廻る裏側からたどっても、人が多すぎて疲弊する反面、無名の存在になりうる気楽さがあって、それはそれで魅力的なのだが、私が好むのは、メトロの六番線高架下からぶっきらぼうな坂がのびているコルヴィザール近辺や、細い道が蜘蛛の巣状に広がっているダニューブの周辺、それからベルヴィル、メニルモンタンをぬけて、ル・プレ・サン・ジェルヴェ、レ・リラ、バニョレなどパリ北東部に位置する高台へ抜けてゆく観光地でもなんでもないふつうの街区なので、ちょっとでも油断すると、はじめて歩いている場所なのにずっと以前から住んでいたような幻覚にとらわれ、午後おそい時などしばしば夕食の付け合わせがなかったことを思い出して、いわれのない焦燥に駆られるまま、最初に見つけた〈フェリックス・ポタン〉でトマトとジャガイモとさやインゲンをそれぞれ一キロずつ買ってしまったこともある。散歩の途中で計三キロの負荷をおのれに課す思慮のなさが無性に情けなく、といって買ったものは棄てるわけにもいかないので、がさついた音をたてる袋をさげてベルヴィルあたりの長い坂道をのぼり、のぼり切ったところに出現したベンチに腰を下ろすと、今度はなんだかしんみりしてしまって、所在なくトマトを齧るのだった。トマトでなければ、それはバナナだったり林檎だったり、季節によってはさくらんぼだったりしたのだが、私が詩人ならせいぜいトパーズ色の香気がただよう檸檬を齧る程度に抑えて、散歩の邪魔になるような食べ物など買ったりせず、もう少し街の色彩や人々の表情に敏感でいられるよう身を軽くしていたことだろう。

しかし坂の多いパリの東の「へり」を歩くときには、たいていそんなふうに、わけもなく日常に引き戻されてしまうことが多かった。郷里の家が坂の途中にあるとか、世話になった公立の教育施設が小学校から高校までどれも坂の上にあったとか、東京での暮らしはじめが面影橋のわきで、高田馬場へ出るにも目白へ出るにも坂道をのぼらざるをえなかったという、これまでの生活環境からくる無意識の安堵でもあるのか、私は坂を歩いているときがいちばん外に開かれた、無防備な状態になっている。メニルモンタン近辺の古い街なみが失わずにきた正真正銘の詩を味わいたければ、ウィリー・ロニのすばらしい写真集『ベルヴィル＝メニルモンタン』を開いて、ピエール・マッコルランの序文とともに、一九四七年から一九五七年までのあいだに撮影された風景を通覧すればこと足りるのだから、背をまるめて坂をのぼったり、上半身をいくぶんそらせて坂を下りたりする際には、脈絡のない想念に身を委ねるのが得策なのである。

ただし散歩者の夢想にも、出発点らしきものが存在するらしい。ある冬の午後、バニョレまで歩こうとガンベッタ通りをペール・ラシェーズ墓地に沿ってのぼっている途中、ふと、左手に《デジレ街》と書かれた青い表示板が目に入り、その瞬間、『フリック・ストーリー』という映画の題名が脳裏に浮かんだ。アラン・ドロンが辣腕刑事を、ジャン＝ルイ・トランティニャンが凶悪犯を演じたジャック・ドレーの作品である。出所後すぐにまた人を殺した冷徹な殺人鬼の隠れ家がデジレ街にあって、垂れ込みをもとに犯人の居場所を突きとめた刑事たちが、踏み込むタイミングをはかりつつ、この坂で寒そうに待機しているシーンが蘇ってきたのだ。なぜそんな細部が思い出されたのかと問われれば、前の晩、偶然その俳優のことを考えていたからだというほかなく、つまりそれが私の夢想のおおもとだったのである。

前夜、なんの気なしにテレビをつけてみると、紺の三つ揃いを着込み、灰色に染まりかけた髪をオールバックに流している初老の紳士が映し出された。眉間にできた特徴のある皺と澄んだ青い硝子細工のような目、端正なその顔だちを崩しかねない野卑な口もと、そしてお世辞にも美しいとはいえない声。だみ声といってもおかしくないその声で、足を組み、くつろいだ恰好で楽しそうにしゃべっているその男がアラン・ドロンだと認識するのに、しばらく時間がかかった。インタヴュー形式の生番組らしい。十数年前、新作と自己ブランドの香水の宣伝をかねて来日した折にブラウン管のなかで見かけて以来だから、映写幕の外でアラン・ドロンを目にするのはじつに久しぶりのことだったが、かつてわが国のテレビ洋画劇場を賑わし、同工異曲のフランス製ギャング映画で単純な私を魅了した俳優の容色は、さすがに衰えていた。むしろん往年の美貌に年相応の老いをうまく溶け込ませた、醜さとはほど遠い変貌ではあったけれど、私としてはある種の感慨を抱かずにいられなかった。ほかに観るべき映画はいくらでもあっただろうに、私は乏しい小遣いをはたいて、『ル・ジタン』や『ブーメランのように』などの、ジョゼ・ジョバンニ監督のフランス任侠映画を《封切り》で追っていた口だからである。容姿がいいだけの大根演技で女性を虜にする、そういう評価が定まっていた俳優の新作を劇場へ見にいくのは、なかなか勇気のいる芸当だった。しかし、本人とは似ても似つかぬ甘い声で吹き替えられているにもかかわらず、繰り返しテレビ放映された作品、とりわけ『仁義』や『サムライ』などに焼きつけられているくすんだ石の街と、主人公の厭世的な雰囲気にすっかり参っていた私は、ドロンがいよいよ父性愛に挑戦した作品だとの映画評を読んで、早速『ブーメランのように』を観に出かけ、期待に反してさほど心を動かされることなく、ただ行き帰りの手間に疲れて、それこそブーメランのようにふらふらと帰宅したものだった。あの日からずいぶん長い年月が経過し、思いがけずその姿がテレビに映し出されるまで、私は日々の仕事にまぎれて、アラン・ドロンのことも、アラン・ドロンの映画と付き合っていた時代があったことも、きれいに忘れていたのである。

白髪のまじりはじめた俳優は、子どもの頃の思い出を語っているところだった。わたしは郊外に生まれ育ったので、メトロに憧れていましてね、たまにパリに出ていくとその切符を捨てずに持ちかえって、友達に見せびらかしたり、何度も匂いを嗅いだり、ひどく大切にしていたものですよ、それがパリの匂い、都会の香りでしたね。そんな話をしながら、初期の出演作で反復していた、あの歯垢がつまったようなちょっと品のない歯がむきだしになる笑みを浮かべ、目に見えない憧れの切符を鼻先に持っていくと、彼はヒュイっと小さく口笛を吹いてその匂いをかぐ真似をしてみせた。ごく自然に出てきた仕草というより、功なり名遂げた男が少年時代をさらに神話化するための演技だったようにも見えたのだが、パリの地下鉄に憧れて切符をなくさずに持っていたという話には真実味があった。バスであれ地下鉄であれ、使い古しの乗車券には、夢を託すだけの魔力があるのだ。

アンリ＝ジョルジュ・クルーゾーに、『恐怖の報酬』という名画がある。流浪の果てに落ちのびた南米の油田地帯からどうしても抜け出せずにいるイヴ・モンタンが、いつか戻りたいと切望してやまない故郷パリの、薄汚れたメトロの切符をお守りにし、下宿の壁に駅の絵を描いて郷愁を抑えている。油田の火災を消し止めるためのニトログリセリンを、粗末なトラックで運ぶ命がけの仕事にようやくありつき、成功すれば帰国の費用が出るという段になって、急に怖じ気づいた相棒のシャルル・ヴァネルに、モンタンはメトロの切符を取り出し、これをあんたにやろうと言う。いいのか、大切にしているんじゃないのか。ヴァネルが真顔でそう問い返すと、いいんだ、あんたが持っていてくれ、とモンタンは答える。遠い南米の油田地帯で交わされた会話が、地下鉄の切符を介してパリと通じあうのだ。この映画がアラン・ドロンの回想とともに示唆しているのは、南米からパリまでの遠さが、パリとその郊外を隔てる距離に匹敵するのではないか、ということである。いやむしろ、パリと郊外のへだたりが、南米からパリまでの、地理的というより感覚的な遠さに似ているというべきかもしれない。そして、この心情に訴える途方もない距離を埋めてしまったのが、アラン・ドロンなのではないか、と私は思うのだ。

じつをいえば、フランス語を解読できるようになってから、少なくとも一度、この問題について考えたことがある。ジョルジュ・ペレックの『ぼくは覚えている』のなかで、「アラン・ドロンがモンルージュで豚肉屋（あるいは牛肉屋？）の見習いをしていたのを覚えている」という謎めいた一節に出くわし、肉屋の使い走りと国際的スターのあいだの飛躍に慄然としたことを、この私も覚えているからだ。メトロの切符に象徴される都会への憧れを嬉しそうに語る初老の俳優と向き合っているうち、郊外で少年時代を過ごした彼の前史が、以前にもまして気になりだした。

おおかたの映画事典が教えるとおり、アラン・ドロンの生い立ちはあまり幸福なものではない。一九三五年十一月八日、パリ南郊ソーの乾物屋に生まれ育ったドロンは、不仲になった両親に疎まれて八歳で里子に出され、その三年後には受け入れ先の養父母をあいついで亡くしている。以後は離婚した両親のあいだを行き来していたらしいが、もうそれぞれべつの相手がいる彼らに厄介者あつかいされ、どこにも落ちつく先のない不安定な少年期を過ごした。不良化する最高の条件が揃っていたといってもいい。何度かの停学、放校処分を経験し、ソー、バニュー、ブール・ラ・レーヌと、郊外の学校を転々とした彼の最終学歴はリセどまり。もちろん演劇学校などで学んだ形跡はなく、学業を放棄してからは、豚肉店経営の義父を頼って、しばらくそこで働いていた。ペレックの言葉は嘘ではなかったのである。両親に愛されず、里子に出された「捨て子」のイメージ。それに生涯さいなまれた人物として、たとえばフランソワ・トリュフォーの名を挙げることができるが、一九三二年生まれのトリュフォーは幸運にもパリで暮らすことができたし、なにより映画という最大の理解者を得ていた。それに較べると、三歳年下のドロンの少年時代は、もっと行き場のないものだったようだ。なぜなら、複雑な家庭環境からのがれるように、彼は十七歳で海軍に志願し、のちパラシュート部隊に配属されて、トリュフォーが脱走の形で忌避した苛烈なインドシナ戦争を闘っているからである。ディエン・ビエン・フーの戦いにアラン・ドロンがいたと想像するのは、そうたやすいことではない。休戦を迎えて現地除隊となり、帰国後レ・アールで人足をしたりするが定職にはつかず、サン・ジェルマン・デ・プレをうろついているうちに知り合ったジャン＝クロード・ブリアリらと、カンヌ映画祭を冷やかしに出かけたことが、映画界に入るきっかけになった。

その後の経歴はよく知られているだろう。『お嬢さん、お手やわらかに！』で注目を浴びるや、『太陽がいっぱい』のトム・リプレー、『若者のすべて』のロッコ・パロンディといった特異な役柄をたてつづけに肉体化してスターの地位を獲得した。私がこれまでに見た彼の映画は二十本をくだらないと思うが、やはり不幸な家庭環境と非行歴、肉屋の見習い仕事を放り出して飛び込んだ激烈な戦場を生き抜き、のしあがってきた、いわば骨の髄まで染み込んだしたたかさと孤独が浮き出た役柄に惹かれる。出所後、社会復帰めざしてまじめに働いていた青年を、刑事たちの偏見が追いつめ、希望をつぶしてしまう『暗黒街のふたり』や、行動のいっさいをマニアックなまでに儀式化し、死の間際までそれを護持する殺し屋を描いた『サムライ』のなかにこそ、アラン・ドロンの最良の部分があると私は確信していたし、その確信は、おそらくいまビデオなどで見直したとしても揺るがないだろう。追う側ではなく追われる側に身を置いたほうが、この俳優の魅力は映えるのだ。

たとえばコルシカ島の出身で、戦時中はレジスタンス運動に身を投じ、戦後はパリの暗黒街に棲みついてひと通りの悪事をこなしつつ裏街道を渡り歩いたジョゼ・ジョヴァンニは、「アラン・ドロンのあの眼を見ればわかるように、彼は生まれながらのアウトサイダーであり、犯罪者です。とてもまともな社会のなかで生きていける人間の眼ではない」（山田宏一『映画とは何か』、草思社）と語っている。筋金入りの元犯罪者から、おまえの眼は犯罪者の眼だとお墨付きをいただくことが名誉と言えるのかどうかはべつとして、ジョゼ・ジョヴァンニがドロンの《周縁性》を直観的に見抜いたことはたしかである。『サムライ』の殺し屋ジェフ・コステロは、部屋に一羽のカナリアを飼っていて、仕事を終えたあと追手のないよう慎重な順路をたどって帰宅すると、籠のなかの小鳥にやさしく餌をやる。籠に幽閉されたカナリアのイメージは、コステロの人生をそのままなぞっているかのようだが、じつはそれだけではない。炭鉱にカナリアを連れていき、カナリアが歌わなくなるのを酸素欠乏の警告と解釈する、あのカート・ヴォネガット好みの挿話とおなじで、コステロの飼っている愛らしいカナリアは、主人以外の人間がアパルトマンに侵入すると、警戒して餌をついばまないのだ。餌がなくなっていなければ、侵入者があったという合図なのである。この男が唯一こころを許せる相手はカナリアだけなのだと、孤独の深さに感じ入っているうち、じつはその裏側でかよわい生き物にも仕事を負わせている殺し屋の本性が明らかになり、それがまた魅力の一端に加わるのだった。ジョゼ・ジョヴァンニが看破したのは、殺しの標的を見つめる目ではなく、カナリアを見つめているそんな眼差しなのだ。

犯罪者の目。ここでどうしても思い出さずにいられないのは、例のマルコヴィッチ事件である。一九六八年十月、アラン・ドロンのボディーガードをしていたユーゴスラヴィア人、ステファン・マルコヴィッチなる男の射殺死体が、ヴェルサイユのごみ捨て場で発見された。それが事件の発端だった。『フリック・ストーリー』で、レナート・サルヴァトーレ演じるイタリア人運転手マリオが殺害されたのも、たしかヴェルサイユあたりへ通じる郊外への道だったが、あの映画はロジェ・ボルニッシュという実在の刑事の自伝が原作だから、殺しに人通りの少ない郊外道路を選んだのも実話に即しているのだろう。マルコヴィッチもその筋の常套に則って消されたわけである。

じつはこの男、主人であるドロンの妻ナタリーと以前から愛人関係にあり、ドロン自身とも衆道を共にする危ない間柄だったらしい。しかも同年一月に首を切られるまで彼はドロン宅に住み込みで働いており、関係を絶たれてからは復讐を企んでいた節もある。ところが一九六六年にも、やはりドロンのボディーガードだったユーゴ人で、ミロス・ミロシェヴィッチという男が、ハリウッドの某映画俳優の妻と死体で発見されるという事件があった。情死として処理されたにもかかわらず、マルコヴィッチの愛人でもあったミロシェヴィッチの妹は、兄を殺した真犯人はマルコヴィッチだと見ていた。兄とマルコヴィッチが、ドロンの愛を争って憎み合っていたというのだ。そして今度は、当のマルコヴィッチが何者かに消されたのである。

こうなってくると、もうドロンに嫌疑のかからないほうがおかしい。みずから手を下したのではないにせよ、刺客を送って片づけた可能性は十分に考えられるからだ。マルコヴィッチは、母国に住む実兄に、じぶんの身になにか起きたら、ドロン夫妻か、彼らの友人で暗黒街の顔役であるマルカントニに連絡するよう指示していた。ジョゼ・ジョヴァンニは、「映画でいっしょに仕事をするずっと前から、わたしたちは知り合いでした。アラン・ドロンは多くのコルシカ人と付き合っていましたし、わたしはコルシカ人ですから、自然に仲間からアラン・ドロンを紹介されたわけです」と証言しているが、ここでいうコルシカ人とは、『シシリアン』で運河沿いにゲーム機器の製造工場を商いつつ、シチリア人の誇りを捨てない裏稼業にいそしんでいたジャン・ギャバン一党のような連中を指すのではないだろうか。ドロンはそうした黒い人間関係を洗われ、尋問を受けながら無実を主張し続けたが、捜査が進むにつれて、事件は意外な方向に発展していった。殺されたマルコヴィッチは、高級娼婦館の経営者だったのである。十六区のポール・ヴァレリー街に店を構えていた「マダム・クロードの家」というのがその根城で、近年とみに精緻な研究が進んでいる哲学的現代詩人の名を冠した高尚な住宅街に値の張る娼婦たちを集めていたこの家では、しばしば財界の名士や著名人をまじえた乱交パーティーが開かれ、マルコヴィッチは現場を盗み撮りしては、それをネタに客をゆすっていたらしい。ところが、顧客リストのなかに、次期大統領候補だったジョルジュ・ポンピドゥー夫妻の名が見つかり、その途端、捜査当局は掌を返したように口を噤んでしまった。ポンピドゥーが事なきをえて大統領に就任したあと、事件はうやむやのまま、真相については箝口令が敷かれたのである（南俊子編『アラン・ドロン——孤独と背徳のバラード』、芳賀書店）。

ジョゼ・ジョヴァンニの指摘する犯罪者の目が、同時にホモセクシャルの眼とも通じうる点は、さすがに十数年前の私の理解を超えていたけれど、結果から言うと、マルコヴィッチ事件は、新聞・雑誌のみならず、映画興行のうえでも絶大な宣伝効果をもたらしたのだった。取り調べの最中に公開された新作『太陽は知っている』で、ドロンは完全犯罪を実行する青年を演じており、その迫真の演技が現実の殺人事件をいやおうなく呼び寄せ、大ヒットにつながったのである。原題を直訳すれば「プール」としかならないその映画が恥ずかしい邦題で公開されたのにはそれなりのわけがある。ドロンは『太陽がいっぱい』で共演したモーリス・ロネをふたたび殺すのだ。しかもその動機が、実生活でドロンが五年の婚約期間を置いたあげく棄て去ったロミー・シュナイダーをめぐる三角関係とくれば、事情通の観客を集めないわけがない。彼女は恋人の犯罪の後始末を助け、警察に対して最後までしらを切り通させる。だが、その行為が両者の冷えかけていた関係を修復することにはならなかった。

ドロンの犯罪映画には、いつもこうした未消化の欲望が漂っている。『スコルピオ』の最後、愛する女性が二重スパイだと知り、彼女を地下の駐車場で殺したドロンが、打ちひしがれて雨の舗道に出ると、びしょ濡れの仔猫がかぼそい声で鳴いている。それを拾いあげて頬ずりしたところを、待ち伏せしていた関係者の手で、口封じのために消されてしまう。『太陽がいっぱい』でも『危険がいっぱい』――これも原題は《Les Félins》で、猫が小道具に使われているのだが、なにが「いっぱい」なのだろうか――でも、青二才としか形容できない詰めのあまさは、脚本どおりの展開とは思われない、もっと本質的ななにかを暗示しているようだ。かりにドロンがマルコヴィッチ事件に関わっていたとすれば、おそらくどこかで致命的なミスを犯しているだろう。しかしこのありうべき手落ちを曖昧に乗り切ってしまういかがわしさと生命力がドロンには備わっており、またそうした能力に意識的なぶんだけ孤絶感も深まっていく。アラン・ドロンが肉屋の見習いだったことを覚えている、というペレックの一文がどこかさみしげに響くのは、暗黒街に人脈をもつ不穏な力が、癒しがたい寂寥と紙一重のところでしか機能しないからではないだろうか。

パリの南郊で生まれたアランという名の乾物屋の倅が、両親にうとまれ、非行を重ねていたのは一九四〇年代のことであり、それはドワノーが写真機をぶら下げて歩き回っていた時代に合致している。『パリ郊外』に登場する楽しげな子どもたちのなかにこの少年がまじっていたら、アラン・ドロンという俳優は生まれていなかったかもしれず、もしかすると、彼にとってはその方がずっと幸福だったかもしれない。

坂をのぼってポルト・ド・バニョレまで出ると、ちょうど郊外バスが現われた。数人の客と乗り込んで、上着のポケットを探ってみたところ、まだ何枚か残っているはずの回数券のうち未使用のものは一枚きりで、ぞろぞろ出てきた残りの紙切れはどれも使用済みだった。なにを隠そう、私も切符が捨てられない性分なのだ。運転手がよそ見をしているすきに、いかにも二枚分の音がするよう新旧の厚紙を重ねてすばやく自動改札《コンポストゥール》に差し込み、そしらぬ顔で左奥の座席に腰を下ろす。どうか検札が来ませんように。そう祈りながらいんちき乗車券を鼻先へ持っていくと、もう郊外の匂いがしていた。

垂直の詩

親愛なるサイリ、元気でやっているだろうか。修理したはずのキーがいくらかひっかかって、そこだけ文字がゆがんでしまうのを、どうか大目に見てほしい。そう、私はいまこの手紙を、いつかきみに見せたことのある、あの時代遅れもはなはだしいレミントン・ポータブルで打っている。クレテイユ高層団地の一角にあるこの部屋には、コートジボワールからきみが運んできた古いエルメスの手動タイプが鎮座しているのだが、長年仕えてきたじぶんを棄ててマッキントッシュに切り換えてしまった主人であるきみを、このグレーのおだやかな鉄の機械はさみしく追慕しているようにみえる。しかしそれよりはるかに旧式の、持ち運び可能とはいえペタンクのボール一式をぶらさげているより重量のあるこんな道具を手放せない私のような人間は、もはやどこを探しても見つからない遺物なのだろう。薬指と中指の第二関節あたりに快い負荷がかかるこのタイプからたたきだされた鈍重な機械音が、薄いコンクリートの壁に張られた桜色の壁紙にはじきかえされて鼓膜をつんと打ち、十二階建て高層住宅の十階に開け放たれた大きな窓から外へ散ってゆく。冷えきった朝の空気のうわずみが、それと入れ代わりに部屋へ流れ込んでくる。

今日は午後から、いつものとおりあわただしい穴埋め仕事に出ていかなければならないのだが、それまでの時間をこんなふうに手紙を書いて過ごすことに決めたのは、ほかでもない、きみがヴァランシエンヌの高校に配属されてパリを離れてから半年以上が経過しているのに、やくざな仕事でまわった出先から絵はがきを送ったくらいで、まだきちんとした近況報告すらしていなかったからだ。明け渡すまでは権利があるからときみが又貸ししてくれたこの部屋で寝起きするようになってからも、私は帰国の迫った貴重な時間を、あいも変わらず目的のない散歩に費すようなありさまだ。もっともそちらからの便りによれば、すさまじく集中力を欠いた教え子の態度に絶望しているとのことだから、覇気のない日常はお互いさまというべきなのだろう。

ところできみがこの部屋を空けた直後に、ロベール・ドワノーが亡くなったことは知っているだろうか。一九九四年四月一日、嘘をついてもよい日のことだったから、冗談に取られるとでも思ったのか、追悼記事は数日後に出たと記憶している。享年八十一歳。絵葉書やポスターが流布しすぎたために、どこか通俗的な匂いすら漂っていたこの写真家について、さしたる興味を示さないきみを相手に、私がつたなくも熱のこもった擁護を展開したのは、知りあって間もない頃だったはずだ。偶然とはいえ、ちょうどこの写真家にうながされる恰好で漠然と「郊外」をめぐって考えてみようとしていたときだっただけに、ぼんやりと頭のなかをよぎってゆく思念を、この機会にどうしても文字に換えておきたくなってしまった。いま不揃いな文字を吐きだしているこのタイプライターじたい、ドワノーの導きがなければ入手することもなかったわけだし、じぶんなりの追悼を、身勝手ながらきみへの消息文に託して綴ってみようという気になったわけだ。迷惑は承知のうえで、しばらくキーを打たせてもらうことにしよう。

ドワノーの父親は、屋根葺きや配管をあつかう職人だった。息子におなじ仕事はさせたくない、というより吹きさらしの戸外を避けるためにデスクワークにつかせたいとの父親の意向にそって、ドワノーは出版関係の会社で生きる道を探すためにリトグラフ製版師をめざし、美術学校で勉強にはげんでいたという。アカデミックな教育にしばられている彼の蒙を啓《ひら》いたのは、雑誌に掲載されたブラッサイの写真であり、また助手として働くことのできた、アンドレ・ヴィニョーとの仕事だった。蚤の市を取材したルポルタージュが『エクセルシオール』に掲載されたのは一九三二年、つまり二十歳の時だから、意外に順調な滑り出しだったと言えるかもしれない。一九三四年、ルノーに入社し、以後五年間は宣伝写真を担当するのだが、そのあいだに時間を見つけてはパリの郊外をまわり、やがてサンドラールの助言で一挙に形を得る写真集の材料を撮りためていたことくらいは、きみも記憶にとどめているだろう。遅刻の常習犯として当のルノーを馘になったのが一九三九年、戦争をはさんで『パリ郊外』が刊行されたあと、一九五〇年代のはじめには『ヴォーグ』のモード写真を撮り、広告や通信販売のカタログ写真なども手がけている。

新世代の写真家が台頭した六〇—七〇年代こそいくらか忘れられた感があったものの、八〇年代に入って彼は完全な復権を果たした。数々の賞に輝き、十年ほどのうちに十四冊もの写真集を出版、二三〇万枚の絵葉書を売り尽くしたのである。五月革命世代が落ち着きを取りもどし、正直に言わせてもらえれば私の母国とは比較にならない小さな規模の消費社会がこの国でようやく出現してきたことを、著名な社会学者が唱えはじめたあの時期、消費者の目は、古き良き時代を伝える映像に向けられていたのだ。ドワノーは求められるまま、かつて張られた庶民派のレッテルを汚すことなく、レ・アール周辺にひしめく絵葉書屋の回転棚を制覇する詩人として再生を遂げたのである。ピカソやレジェ、プレヴェールらの著名な肖像写真がどれほど親しまれていようと、一九八〇年代においてもなお、ドワノーといえばパリ周辺を彷徨し、多少の演出をも行ないながら人々の表情や街角の風景を切り取ってゆく写真家と見做されていたのであり、また彼自身それを甘受する覚悟を決めていたようにも察せられる。そうでなければ、一九八三年に企画された、どこか第二帝政時代の匂いがただようＤＡＴＡＲ（国土整備地方振興庁)の、大がかりな写真プロジェクトに参加したりするはずはないからだ。

一九八四年から一九八八年までのあいだに、現時点におけるフランス全土の風景を写真の形で残しておこうというこの試みは、一九三〇年代、ルーズヴェルト大統領の初期のアメリカで、農業安定局が行なった現場の収集作業を意識したものだった。一九八〇年前後は、人口増加にともなう郊外地区の都市化と第三次産業の発展、重工業の衰退がフランス全土で進行していた過渡期であり、とりわけパリ周辺では、移民問題もふくめて環境が激変しつつあった時期だ。誤解しないでほしいが、私はなにもきみを大雑把な移民論に巻き込もうとしているのではない。移民の身分を言挙げするのなら、この私もきわめて不誠実な移民のうちに数えられておかしくはない人間なのだし、かなりの誇張をまじえれば、きみと同様、故国での将来とフランスという国での可能性を天秤にかけてやってきた人間のひとりにすぎないといえるのだから。さまざまな位相の異邦人が、それぞれに切実な気持ちでやってくるようになった現象の、大きな波のひとつが一九八〇年代初頭に訪れたということなのだ。先例があるにせよ、アジェが失われてゆく十九世紀の街並みをたったひとりで残したように、国が金を出して現在時の風景をフィルムにとどめておこうとしたその決意と危機感、そして個々の地域の文化に密接なつながりのある風景を、各行政地区の役所が片づけるような淡白な記録写真ではなく、いわば純文学作家に匹敵する「芸術」写真家の看板を掲げた人々の眼でひろいあげ、そのひとつひとつになんらかの価値を付加していこうとする意図は、それなりに評価できるものだと思う。当時すでに七十歳を越えていた、自称「写真界のディプロドクス」が登用されるにいたった裏面には、だから現在のパリ郊外になんらかの付加価値を与えるような作品を撮ってほしいという企画者側の思惑があったはずであり、じじつドワノーは、撮影の地区と対象を個人の裁量にまかせるという条件下で、即座に勝手知ったる郊外、いや勝手がわかっていると信じていた空間へと赴いたのだった。

親愛なるサイリ、一九八〇年代の郊外でロベール・ドワノーが目にしたのは、申し訳ないけれどきみたち一家が暮らしていたこのクレテイユの団地もその一例として挙げられる、コンクリートの森だったと言っておかなければならない。オレンジに塗られた巨大な六角形のコンクリート住宅、その足もとでカラフルな数珠を作っているぽんこつ車の隊列、石畳にかわるアスファルトの続く道。もちろんすっかり変わり果てた新しい郊外から、彼は逃げだしたりしなかった。それどころか、これまでつちかってきた技術と哲学を注ぎ込んで、「角度によっては、コンクリートの巨象もそれなりにひ弱な面を見せる」(『ドワノーという男』)ことを示そうとしたのである。半世紀におよぶ写真歴を背景に、そう自己解説できる構図を彼は狙い、実行に移したのだ。風景写真の専門家でもなく、風景を写してもその枠内にかならず人間の気配を残していたドワノーにとって、DATARの要求は若い頃こなしていた商業写真の世界とも異なる、ほとんど未知の領域に属することではなかっただろうか。プロジェクトの成果としてまとめられた大部の報告書、『八〇年代フランスの風景写真』に組み込まれた、ドワノー担当のカラーフィルムによるパリ郊外を追ってみて、写真の世界などなにもわかりはしないくせに、私はそんな不遜な憶測をめぐらさざるをえなかった。

陽の当たる滑り台と砂場のむこうに、白と茶色で塗り分けられた、おそらく二十階近くはあろうかという高層住宅が数棟のぞいているロニ・ス・ボワ、低い円弧状の建物が芝生のうえにいくつもならんだ、たぶん経済的にも余裕のある連中が入っているだろうエッソンヌ県のグリニィ、赤茶色の円形広場の周囲にデュプレックスらしき戸建てが見えるセーヌ・エ・マルヌ県のローニュ、丘を切り崩して地ならししたサッカー場の下に白い体育館のようなコンクリート住宅が隠れ、その彼方に、黄色、茶色、赤茶色の、三つの高層住宅が顔をのぞかせているフォントネー・ス・ボワ、黄色と灰色を組み合わせた素っ気ないベンチが、どうみてもオフィスビルにしか見えない高層住宅を前に自己主張しているアルジャントゥーユ、古びた木造の工場と高層ビルとパリではまずありえない電柱とみすぼらしい車の列が不協和音を奏でている、これは私にも親しいパンタンの一角、前景に郊外型の穏やかな一戸建て、中景にずらりとならんだ緑色のゴミ収集車、灰色がかった遠景には広い空き地と工場とひょろ長い石膏のメンヒルのような高層住宅群がのびているオーベルヴィリエ。

ある追悼文の記者は、これらの注文仕事をどう評価するべきか判断を保留しながらも、色彩、構図ともかつての芳しさを失い、単調な広告写真もどきの力ない光景が集められていると否定的な言辞を連ねていたが、たとえばアルジャントゥーユのシテ・シャンパーニュを捉えた一枚などは、まさにドワノーというほかない作品だ。鮮やかなオレンジに染まった高層団地から背をむけている小さな家。じぶんだけはこの区画の住人になりたくないという小さな一戸建てへの注視こそは、ドワノーの文体の特徴なのだ。高層団地の窓からは、ささやかな庭と塀に囲まれたこの家が叶えられぬ夢と映じ、彼女の裏窓から見える白い巨象は、平穏な日々をおびやかす悪夢にまで肥大している。むろん過去と現在の、あるいは異なる現在と現在のつきあわせは、『パリ郊外』でも行なわれていたことである。しかし一九八〇年代のアルジャントゥーユに広がっているふたつの居住空間は、修復不能なまでに断絶しているのだ。誰の目にも明らかなこの断絶を、ドワノーはなんとか円満に片づけようとして、瀟洒な新興住宅が旧世代の家屋となめらかな共存を果たしている比較的貧富の差が見えにくい地域にも足をむけ、彼らしい楽観主義を棄てようとはしていない。だがどうなのだろう、物事を世代論に返すのは時として卑俗な便法に堕しかねないけれども、企画を取りまとめたフランソワ・エールやベルナール・ラタルジェ、オギュスタン・ベルク、ジャン・ポール・ドゥ・ゴドゥマールらは、いずれも一九四〇年代に生まれた戦後派の旗手であり、任務遂行にあたった三十人弱の写真家たちの生年も一九三〇年代末から一九五〇年代のなかばにおさまっていて、ひとりロベール・ドワノーだけが、一九一二年に生を享けた有無をいわせぬ戦前派の老人なのである。なるほど郊外を主題にした写真集の作者であるのみか、半世紀近くパリ南郊の町に住んできた男に声をかければ、現在と過去を比較するにも手間がはぶけるかもしれず、その証拠に先の写真集には、なかば嫌がらせのように『パリ郊外』の写真が幾枚か挿入されている。両者の格差は歴然たるものだ。かつてドワノーのレンズに吸い込まれた世界は、後戻りのきかないところまで亀裂の入った一九八〇年代の郊外風景と、もはや切り結ぶことはできないのである。この痛ましい現実が、技術や構図やカラーフィルムの進歩などとはべつの次元で見る者の胸を打たずはにおかない。ドワノー亡きあと、パリの城壁の外へなだらかに広がる空間は失われてしまったのだろうか。モノクロのパリ郊外とそれを糊塗するけばけばしいペンキの郊外との架橋は、永久に崩れ落ちてしまったのだろうか。

親愛なるサイリ、朝っぱらからこんな話に夢中になっている私を、きみはまたいつもの笑顔で困ったやつだと難ずるにちがいない。そういう断絶ぶりをきわだたせる空間ばかり歩いてきたのは、ほかならぬこの私ではないかと茶化してくるきみの顔が目に浮かぶようだ。そのとおり、土と水の匂いに満ちた郊外にたいする愛着と、巨大なコンクリートの質感にたいする畏怖との双方に私はいつも引き裂かれてきたし、とりわけ後者とは、興味を持ちながらも直視できない曖昧な関係を保ってきた。第三世界の人間がフランス語を武器に生き残る処世術として、すでに評価の定まった大御所の作品を読み、とりあえずの教養アイテムをそろえることを優先すべきだというきみから、ことあるごとに馬鹿にされたわが愛する大衆文学をまたぞろ引き合いに出せば、一九八〇年初頭にその趨勢があらわになりはじめる《ロマン・ノワール》の描く郊外にあっては、「住人《アビタン》」というステイタスは架空の代物だった。灰色の壁にペンキを塗りたくれば、「収容者《ロジェ》」かられっきとした「住人」への昇格が約束されるわけでもないことをそれらの小説のいくつかは語っていたし、なにか触れてはならない禁断の主題としてこちらの心をやわらかく束縛していたのだった。しかし肌の黒いきみと黄色い私がおなじパレットのうえに等しく捻り出されうるのは、城壁のなかではなく、異人種のひしめく高層団地の、見ているだけで背骨が縮んでくるコンクリートの谷間のほうだったのではないだろうか。どこでもそうだというわけではないにしても、そのうちのいくつかは、殺伐さを超えてある種の聖域を思わせるような力強いエネルギーに溢れている。ついこのあいだまできみの生活を支えていたこのクレテイユに身を置いてみて、私にもようやくその秘密がわかりかけてきた。

何年か前、ただ『郊外』とだけ題されたモノクロームの写真集を見つけて、版元がサンドラールに縁の深いドゥノエル社であることや、題名がドワノーを連想させること、フィリップ・ソレルスが短い序文を寄せていることも手伝って興味がわき、さしたる目的もなく買い求めたことがある。複数形に置かれた「郊外」は、パリだけでなくフランス全土の代表的な団地を視野に入れたもので、マルセイユやニース、ダンケルクなどの写真がならべられ、それを凝縮する形でパリ周辺のコンクリート都市の情景が取りあげられていた。サルセル、ヴィリエ・ル・ベル、ヴェニシュー、ブッシィ・サン・タントワーヌ、ヴォワザン・ル・ブルトヌー、エルヴィル・サン・クレールなどに混じって、もちろんクレテイユも登場している。マルク・リブゥ、パトリック・ザックマン、ロラン・ラボワの三人の写真家が持ち寄ったこれらの郊外風景を、そのときの私はあまり身近に感じることができなかった。いや、もっと正確にいえば、パリの周囲にそうした高層団地がいくつもそびえ立っている事実を認めたうえで、あえてそれを無視しようとしていたのである。目に見えない城壁のなかでの暮らしが、この私自身を襲っていたある種の閉塞感とも分かちがたく相関し、壁の外へと身体が動きだしたのは、それからずいぶん時間をおいてのことだった。とはいえ、行き当たりばったりの散策の目的地からそれらの団地がしぜんと抜け落ちていったことにも明らかなとおり、複数の土地の名が接合してできあがった美しい地名の響きと、冷やかなコンクリートの手触りのあまりの落差に恐れをなし、私はどうやら現実をかいくぐって、ロマン・ノワールのような小説の記述に救いを求めていたらしい。

一九八〇年代の郊外風景を記録した三人の写真家による作品集をあらためてたどってみると、

そこに掬いとられた光景は、DATARの試みと時期的に重なっているはずなのに、ドワノーの目からは漏れてしまった決定的な何かを、はっきり刻み込んでいることがわかる。ソレルスはその序文を「すぐ近くの旅」と題していたが、見慣れている事物がとつぜん真新しい相貌をあらわす現場に立ち会うのは、遠い異国の旅ではなく、近傍への移動のさなかなのであって、穿った見方をすれば、ソレルスはここで、みずからの発見の遅さを素直に告白しているのだ。超高層都市ニューヨークへの親近感を表明し、半世紀以上も前を走り抜けたポール・モランの『ニューヨーク』（一九三〇年）に熱い賛辞を連ねているソレルスは、フランスに沸きあがったコンクリートの町にようやく「垂直の詩」を認めたのである。

ソレルスの指摘をまつまでもなく、現実の郊外は、避けがたい画一化のなかでそれなりの個性を作りだしている。「ハイパーリアルな未聞の光」に浮かびあがる郊外の顔とは、「一個のベンチ、一本の木、白い衣装の花嫁、夕暮れのスーパーのあたりをうろつく犬、岩山、砂、ブロックの真ん中に突き出た顔、通りに運ばれていくマットレス」であり、秩序を欠いた案内板の情報であり、スローガンでもメッセージでもない落書き《タグ》である。タグは壁にだけ描かれるものではない。アスファルトのうえにも容赦なくスプレーで吹きつけられる。読まれることが目的からはずれたそれら白い文字のうえを、ローラースケートに乗った少女が駆け抜けてゆく写真にソレルスはことのほか魅了されていたようだが、書くことはエジプト脱出にほかならず、声の啓示によって例外の言語を作りださなければならないと述べた彼にとって、ニューヨークからパリへ、そして郊外へと渡って膨張したタグこそは、《アウトロー》的言語の一形態だったはずだ。だからこそ、出エジプトを願いつつコンクリートの国に生きる少女の足もとを夜の底に沈ませ、夜気にむかって開け放たれた窓へ、彼は『詩篇』第三十一篇のことばを添えてみせたにちがいない。

汝《なんぢ》かれらを御前《みまへ》なるひそかなる所にかくして人の謀略《はかりごと》よりまぬかれしめ
また行宮《かりいほ》のうちにひそませて舌のあらそひをさけしめたまはん

ソレルスらしい直観に支えられた連想。生ぬるいことばに浸った常識のみごとなショートカット。聖と俗、いや俗と聖とでもいうべきか、自然が細々と生き残るむかしながらの郊外と、高層団地が林立する郊外の対比だけでなく、後者の内部には聖と俗が容易に交換しあう独特の時空が潜んでいることを作家は示唆している。ドワノーの目が届かなかったのは、このコンクリートの内部に蠢くふたつの世界の息吹なのだ。

序文のなかで私がいちばん感銘を受けたのは、コンクリートの地肌が圧倒的な存在感をもって迫ってくる団地のピロティや入口までの回廊が、いみじくも「原子力発電所」になぞらえられていることだった。徹底して無機質な原子力発電所のイメージにひどく人間的な情景が挿入される対置の目もあやな輝きは、彼らがこの施設から発散される光の粒子だからこそ生じたものだった。看板をとまり木にしている肌の黒い子どもたち、建物のあいだの芝地に置かれたベンチに座っているふたりの老女、厚いマットレスを運んで行く男性。そんな粒子を放つ原子力発電所と『詩篇』の野合。いまやここクレテイユも、原子融合から生まれる巨大な力を得て、恐ろしい画一化からかすかな、しかし確実な偏差を引き出すことに成功した一個の生命体として、目のまえに立ち現われている。きみが貸し与えてくれたこの部屋のおかげで、私は都塵を避けるにつごうのいい適度にひなびた郊外と、その彼方で威容を誇っているコンクリートの郊外とのあいだに、ひとつの夢想の通路を見いだすことができたように思う。おそらくこれからも、私はこのふたつの世界の往還をやめはしないだろう、いずれの側にも親しみつつあるとのただしつきで。だがこの事後的な留保こそ、ドワノーへのオマージュにふさわしいものではないだろうか。

親愛なるサイリ、ずいぶん長い手紙になってしまった。この部屋を最終的に明け渡すためにきみが上京したら、またゆっくり話をしよう。私は午後の仕事を済ませてから、いつものように長い散歩に出るつもりだ。健康にはくれぐれも気をつけて。奥さんや息子たちによろしく。心からの友情を。

タンジールからタンジェへ

都内有数の公園まで徒歩一分という記述にまちがいはなかったのだが、該当する建物と緑豊かな空間とのあいだには東名高速が走り、しかも用賀インターを目前にひかえてすべての車が速度を落とすために、恒常的な渋滞から生まれる鈍く重い轟音が一時もとぎれないばかりか、数百メートル先にある環状八号線からの騒音までがかすかな地響きを立てて伝わってくる。防音壁などなんの役にもたたない高さに位置する建物の、入り口側の通路から高速をながめると、徐行を余儀なくされた巨大なトラックがまるでゆっくりと川を下って行く平底船のように感じられる。膨大な量の車が集まってくるその場所を見下ろす高台に、私は気の抜けた歩哨さながら立ちすくんでいた。目と鼻の先に広がっている砧公園までたどり着くには、高速をまたぐ小さな橋を渡らなければならない。ところがもっと驚いたことに、道路に面した玄関口と正反対にある南向きの窓からは、かなりの勾配で下って行くおだやかな谷間が見渡せ、古くからこの土地に住んでいるらしい人々の立派な屋敷のあいだを縫って、キャベツ畑が広がっていたのである。冷たいコンクリートの直線とその両脇を固める緑地との意表を突く対比、地面をゆるがす騒音と小鳥のさえずりがはっきり聞き取れる静寂との対比に心動かされながら、ここはいったいどこなのだろうと私は自問しつづけていた。

パリ郊外の町をめぐって描かれた不思議な探偵物語、エマニュエル・オカール&ジュリエット・ヴァレリーの『出資者』（一九九三）が脳裡に浮かんできたのはそのときのことだ。「ぼくらがかかわっているのは、直角に断ち切られた二つの境界線のあいだにはさまれている、どこでもない場所なんだ、運河と高速道路というね」。表紙に「詩」と断り書きがあるものの、本文と足並みをそろえるようにピントのずれたモノクロ写真が多く収められており、「フォト・ロマン」と呼んでも差し支えない形式の書物である。オカールはすでに十五冊以上の著書を持つ詩人・翻訳家で、過去の自作を踏まえた物語を構築しているせいか、本書ではじめて彼の世界と接触した読者には意味のとりづらい部分もある。その一方で、エピグラフに掲げられたエド・マクベインの引用や、ダシール・ハメットへの言及などからも明らかなように、ミステリの磁気を取り込んでもいるためか、読みにくさがいくらか軽減されてはいるようだ。

一九九二年夏のある日、パリ十九区タンジェ街にある私立探偵トマ・メビウスの事務所に、匿名の企業を代表するひとりの女性が訪れ、調査を依頼する。彼女は前金で七万五千フランを支払い、実費は別途で支給するとの条件を提示し、効率を考えて現場付近に仮住まいまで用意するという。この女性がなにを調べてくれと頼んだのかは判然としないのだが、メビウスはウィーン生まれの哲学者L・Wに学んだ独特の捜査方法で知られ、現場を歩き回るだけでなく、「人称代名詞」と「否定辞」を駆使して解決にあたる、いわばアームチェア型ハードボイルドを信条とする男だった。アメリカの現代詩に親しみ、ウイスキーをあおりつつL・Wがケンブリッジで行なった講義を読み返すという暮らしをいったん断ち切って、メビウスは金のために曖昧な依頼を引き受け、申し出どおり捜査の対象区域であるボンディ・ノールにアパルトマンを借りる。

ボンディは、ポルト・ド・パンタンから国道三号線を北上して約十二キロのところにあるセーヌ・サン・ドニ県の町で、列車を使うなら、パリ東駅からモーかガルガン行きに乗ってボンディで下車すればいい。複数の郊外バスが通じているので、時間帯をまちがえなければ案外苦労せずにたどり着ける、パリ北郊の典型的な町だ。ミシュラン五万分の一地勢図はボンディに南北の区別を明記していないのだが、文章に添えられた写真にはたしかに《ボンディ・ノール》の標識が見えるから、残りの半分は《ボンディ・シュッド》と呼ばれているはずで、そういう前提に立って町を南北に分割しうる境界線を探すと、ルルゥク運河がたちどころに目に入る。運河はこの町を横切り、国道三号線と平行して東西に流れ、これらとほぼ直角に、高速三号線が弧を描くように北東へ逃げて行く。両岸に工場、病院、駐車場をすきまなく配した運河と、二本の幹線道路に囲まれた北側がボンディ・ノールにあたり、私立探偵トマ・メビウスは、高速道路わきに立つベランダのないつるんとした高層団地の、十二階に部屋を確保するのだ。私が砧公園の南端を抜ける東名高速を見て思い出したのは、具体的にはこの本のなかの光景だった。メビウスは見晴らしのよいこの部屋を「監視哨」と名付けて、見開き二頁にそこから撮影した八台のトラックの写真を載せている。そこにはまた、ブロックでつぶされた窓の写真も添えられていて、眺望と閉塞が表裏の関係にあることもほのめかされている。

　だが、ボンディ・ノールとはいかなる場所なのか。タンジェ街の探偵事務所を訪れた女性の依頼は、どうやらこの問いに立ち戻ってゆくようだ。ボンディ・ノールはまちがいなく存在し、メビウスはここに部屋まで持っているにもかかわらず、実体をつかむことができない。L・Wの影響がそこはかとなく感じられるのは、メビウスが助手らしき女性ヴェロニックと現実に町を歩いて得た情報から、「ボンディ・ノールとはなにか」ではなく「ボンディ・ノールでないものとはなにか」を問いつめ、新たな視点を見出そうとするあたりである。たとえば運河にかかる橋を渡って南の地区へ下り、映画を観てみる。立ち寄ってビールを飲んだカフェの主人にボンディ・ノール行き最終バスの時刻を訊ねると、相手は二十一時四十五分だよと教えてくれる。しかし終映は二十三時過ぎだ。ボンディ・ノールへ戻るためにタクシーは拾えるのだろうか。行き先を確認すると、主人はこうつづける。「夜中にボンディ・ノールへなんか誰も乗っけてくれやせんよ。運転手がもうふたり殺されたんだ。あんた、ハーレムを知ってるかね？ボンディ・ノールもそれと似たようなもんだ」。ボンディの南北は、夜十時以降、運河をはさんで完全に断ち切られてしまうのだった。まっとうな暮らしは南側にあり、北は南が仕切る境界線の向こうに薄暗くひかえた無法地帯だとでも言うかのように。移民向けの高層団地、軽犯罪の増加、高速道路。オーベルヴィリエやラ・クルヌーヴのような郊外地区とおなじ物語が、ここでも反復されている。

ボンディ・ノールの像を絞り込むために、メビウスは「言表法《エノンセ》」という特殊な推理を繰り広げる。彼によれば、話者が伝達しようとする表現のうち、それだけでひとつのまとまった単位をなす部分であるこの「言表」の活用こそ、探偵にふさわしい手法なのだ。完成されたパズルとしてあらかじめ大枠が定められ、関係性の網が張られている状況のなかでは、いくら駒を掻き集めて結論を導いても意味はない。私立探偵の行動形式と出来あいの枠組みは、相容れないのである。どこにも整理できない断片を重ねて行くのが彼の仕事であり、価値の不明な事実のかけらこそ「手がかり」になるのだから。思い出や夢についてL・Wがどこかで語っている、《我々がその説明あるいは全体のつながりの調査に乗り出すほど強烈な印象を与える断片》が真の「手がかり」となるのであり、そうした断片を収集することによってのみ「どこでもない場所」の領域が確定される。しかも断片の素となる「言表」は、他の「言表」を求めてさまよい、ビリヤードにたとえるなら、それらは直線上ではなく親玉をいったん緑色の「へり」に当ててから間接的に的玉を狙う、クッションボールを使ってようやく触れ合うのだ。

オカール＝メビウスは、その具体例として、グレン・グールドが弾くモーツァルトの《幻想曲とフーガ》ハ長調K三九四を差し出す。このときモーツァルトは最もバッハに接近し、かつグールドはそれがベートーヴェンであるかのごとく弾いて見せると彼はいうのだ。モーツァルトとベートーヴェンとバッハが、グールドというキューが繰り出すクッションボールによってぶつかりあう。「ふたつの言表の出会いは、感動を生む」。「突如、なにかが見える」瞬間がここに出来するのだ。クッションボールがうまく行かなければ、つぎは引き玉を使ってみる。当てなければならないふたつの玉のあいだに親玉が割り込んでいる場合、いずれか一方に逆回転をかけて接触させておき、もう一方に引き戻して当てる。メビウスによれば、《あなたは広島でなにも見なかった》、《ボンディ・ノールなど存在しない》といった言い回しは、言表の引き玉なのである。

語り手トマ・メビウスにかぎりなく近いオカールには、じつは『タンジールの私立探偵』（一九八七）と題された不思議な作品がある。詩や図版をまじえた小さな文章の寄せ集めで、そのままビリヤードの比喩に転用できそうな搦め手の構成なのだが、自伝的な情報もわずかながらまぶされていて、それによると彼は、戦前からジブラルタル海峡を望むタンジールで育ち、この町が国際都市の名声を勝ち得てゆく歴史と平行して成長した。学業に秀でているわけでもなかった少年が本好きの友人にめぐりあい、やがて詩に目覚めて物を書きはじめると、かつてのぱっとしない自分の姿が「イチョウガニ《カンクル》」に見えてくる。この単語は、フランス語で劣等生をも意味する。しかしオカールの文脈にあっては、なんらかの競争、競合に破れた落ちこぼれであったり、道化役であったりするのではけっしてない。彼には末席に連なることがいわば先験的に定められていて、成績の悪い生徒が努力を重ねて優等生になろうとするたぐいの意志は持ち合わせていないのだ。あたかも蟹が岩場を抜けて行くように、右往左往しつつ進んで行くのが彼の特質なのであり、これは警察の捜査の隙を狙って行動する私立探偵と無理なく重なり合う。彷徨に理屈はいらない。トマ・メビウスは、だから生来の私立探偵《プリヴェ》なのだった。《タンジール》の記憶を胸底深く潜めながら、ただ表記のみが鏡に映し出されたイメージのように一致するパリ十九区、仏語読みの《タンジェ》街に事務所を構えること。ふたつの土地の名の引き玉がメビウス＝オカールの存在理由なのである。

ところで、土地の名から土地の名へのこの飛躍は、メビウスが私淑しているらしいハメットの『マルタの鷹』で、サム・スペードが依頼人ブリジッド・オショーネーシーに無理矢理聞かせる、フリットクラフトの挿話を連想させずにおかない。不動産を経営するフリットクラフトという男が、あるとき昼食のために事務所を出たきり、「握り拳をひろげたように」ぱっと姿を消す。商売にも私生活にも失踪に結びつく理由は見あたらず、そのまま数年が経過したころ、スペードは失踪人の妻から、夫によく似た人物を見かけたという情報があるので確認してほしいと依頼される。早速その町へ出向いて調査してみると、変名を使っていたがやはりフリットクラフト本人だった。彼はスペードに姿をくらました理由を説明し、その話がじぶんなりに理解できたと信ずるスペードは、夫人に円満な離婚を決意させる。

スペードの報告によれば、失踪当日、フリットクラフトは、事務所を出て建設中のビルの下を通った。すると頭上から鉄の梁が落下して身体をかすめ、九死に一生をえた。軽い傷ですんだものの、「だれかが、自分の人生の蓋を開け、そのからくりを覗かせられたような」衝撃を受けた彼は、偶然が一生を左右することもあるのだと悟り、なにもかも打ち捨てて、その足で船に乗る。そしてしばらく放浪したのち、二人目の妻をもらう。人生を変えるつもりで過去を清算したはずなのに、彼は「おなじ生活の溝にはまりこんでしまったことに」気づかなかった。興味深いのは、それにたいするスペードの反応だ。彼は結局穴から抜け出せなかったフリットクラフトの生きざまが「気に入っている」と言うのである。「やっこさんは、天から降ってくる鉄梁のたぐいに備えていたが、それ以上降りかからなくなると、こんどは降りかかってこないほうの人生にわが身を適応させたんだ」（『マルタの鷹』、小鷹信光訳、ハヤカワ文庫）。トマ・メビウスがはまっているのも、フリットクラフトとおなじ轍だった。ただひとつの相違は、メビウスがこの変わり身を必要に応じて何度でも実行しうることだけである。

かくてトマの捜査は行きづまる。それはまるで川水をせき止める堰を、当の川の底から調達した石でこしらえるようなものだった。堰が完成したら、中央に小さな路をあけて水を通してやらなければならず、それが大きすぎても小さすぎても堰は破壊される。メビウスにとって、この石はことばだった。ことばを尽くして堰をこしらえても、水を逃がしてやる場所を作り損ねれば努力は無に帰してしまう。ボンディ・ノールは、ついに全体の像を結ぶことのない、無数の駒からなる終わりなきひとつのパズルであり、虚構なのだ。高速道路をのぞむコンクリートの塔や郊外バス、完璧なアクセントでフランス語を操る中央アフリカ移民二世の少女といった舞台装置は、いずれももうひとつの虚構を構築するための材料であり、他者の虚構を虚構としてあぶりだすための素材にすぎない。対象がボンディであれヌイイーであれ、メビウスの捜査方法によるかぎり、結果はおなじになってしまう。ただ複数の言表がぶつかりあって生まれる瞬間の感動だけが、《私は、私が世界をどのように見たか、を報告したい》と述べたL・Wと交錯し、別様の虚構をかいまみせてくれるのである。

けれども虚構を切り崩すための虚構を見据えての、この言表のクッション、もしくは引き玉という視覚装置は、こころのどこかに捨て置かれていた硝子窓の汚れを、きれいにぬぐい取ってくれた。私自身が異国の首都をとりまく「へり」を歩きまわり、書物と呼ばれる「言表」の助けを借りてその秘密を嗅ぎまわっていたとき無意識のうちにめざしていたのは、いまにして思えばまさにこの『出資者』で展開されている手法だったからである。コンクリートと緑ががいちがいに出現する異郷の郊外地区の風景を、私はいわばクッションボールで処理しようとしていたのであり、間接的な仕方でしか見えてこないものを追い求めていたのだ。

そこでふと、現実に立ち戻る。世田谷のはずれにあるその部屋に車で案内してくれた温厚な不動産屋が、電話連絡で待機していた初対面のマンションの貸し主と、あちらが二玉《にたま》ですか、三茶《さんちゃ》はこちらになるんですねなどと話している声を耳に入れ、二玉が二子玉川で三茶が三軒茶屋だとわかる程度の意識は保ちながら、日の当たらない北側の窓から川底を流れる小石のように堆積して行く車の流れを追っているうち、ああじぶんはいま完璧な死角に立っているのだ、と思わずにいられなかった。中心でも周縁でもない「へり」のような死角。二でも三でもない中途半端な世界。それはある意味で、じぶんの目にした光景を、他者に関係なく押し出す閉じた回路が、最も有効に働く空間ではないだろうか。異国の郊外で私がどれだけ幸福な散策を繰り返したにせよ、畢竟それは、他者の視線をたくみに回避しつつ、こちらの視線だけを地名や書物にぶつけて、その「言表」のクッションボールを架空の物語に仕立てあげていたにすぎないのではないだろうか。部屋を借りることなどすっかり頭から失せてしまった私は、悔悟とも諦念ともつかぬこころの揺れを持てあまし、騒音と静寂に揉みほぐされていつになくしなやかな鼓膜の内側で、わけもわからず、二玉、三茶、二玉、三茶と呪文のようにつぶやいていた。

Uブックス版あとがき

二十代を終え、ちょうど三十代に入ったばかりの、いわば区切りの時期に、白水社の雑誌「ふらんす」から一年間の連載の頁をいただいた。できればあまり既成のパリやフランスのイメージに収束しないものを、というのがその折のゆるやかな条件だったのだけれど、たまたまフランス現代小説における郊外地区の扱いについてぼんやり思いめぐらしていた私は、城壁の外にひろがる町を舞台とする作品を毎回一冊ずつ紹介し、批評的な読み物のかたちにするのであれば、多少つながりのある書き物が生まれるかもしれない、と気楽に構えていた。

連載の通しタイトルも「郊外へのびる小説」と決まり、何回分かの柱になりそうな書物のリストも作っておいたのだが、郊外のざらついた雰囲気を批評寄りの文章がどうしてもはじいてしまう。一行も書けず、悶々としているうちに第一回目の〆切が近づき、もはや万事休したところで、通しタイトルから小説の軛を取り払い、かすかな運動性を予感させる「郊外へ」と変更したらどうだろうと思いついた。そうすれば、中心ではないことだけが明確な、なりゆきまかせの書き方ができるのではないか。そこでようやく筆が動き始め、四苦八苦しながらどうにか書き継がれた奇妙な散文たちは、他誌に掲載した一篇を加えて、一九九五年の秋、『郊外へ』として世に送り出された。発表当時、本書はいわゆる留学体験をつづったエッセイ、もしくは紀行文として読まれ、書評などでもそのように扱われることが多かった。個々のエピソードの真偽を面と向かって問いただしてきたり、フランス旅行に携行して楽しんだと感想を伝えてくださる読者もいて、そのたびに私は適当な相槌を打っておいたのだが、一連の物語に登場する「私」とその周辺の出来事は、完全な虚構である。背景などに多少の知見はこめてあるものの、彼は「郊外について」の語りを担っているのではなく、「郊外的」な立ち位置の代弁者にすぎない。もし実体験を語っていたならば、それは既視感の反復に終わり、なにかに「ついて」言葉を綴ろうとしていたら、郊外「論」になってしまっただろう。

私のなかにそうした虚構の「私」を強く意識させてくれたのが「ふらんす」での連載であり、本書の刊行だった。『郊外へ』は、だから大切な記憶のつまった箱のようなものだ。このたびUブックスの一冊として延命できたことを、素直に喜びたいと思う。

また、雑誌掲載時には元白水社の後藤達哉氏に、単行本化に際しては小山英俊氏に、そして今回の新書化にあたっては和気元氏のお世話になった。記して感謝いたします。

二〇〇〇年六月六日

堀江敏幸

本書は1995年11月小社より刊行された.

白水uブックス　1047

郊外へ

著　者 © 堀《ほり》江《え》敏幸《としゆき》
発行者　岩堀雅己
発行所　株式会社 白水社
東京都千代田区神田小川町 3-24
振替　00190-5-33228　〒 101-0052
電話　(03) 3291-7811 (営業部)
　　　(03) 3291-7821 (編集部)
www.hakusuisha.co.jp

2000 年 7 月 10 日第 1 刷発行
2025 年 1 月 6 日第 9 刷発行

本文印刷　株式会社精興社
表紙印刷　クリエイティブ弥那
製　　本　加瀬製本
Printed in Japan

ISBN978-4-560-07347-6

乱丁・落丁本は送料小社負担にてお取り替えいたします。